Die Zeitfälscher, die nicht mehr herausfanden aus den Manipulationen ihrer Zeitfälschung

Fortsetzung von „Die Zeitfälscher"

Eine utopische Erzählung.

MICHAEL HÄUSLER

Juli 2015

Herstellung und Verlag:

Books on Demand GmbH

Norderstedt

ISBN 978-3-7386-2685-8

Inhalt:

Kurz vor der Zerstörung der Erde im Jahre 8498 werden die letzten überlebenden Menschen in letzter Sekunde von den außerirdischen Aldebaranern gerettet und in ihrem Raumkreuzer mitgenommen.
Professor Chronos und seine Familie gehören zu den Geretteten.
Die funktionierende Zeitreiseformel des Professors ermöglicht den „Zeitfälschern", verschiedene Abstecher in die Geschichte zu unternehmen und dort helfend einzugreifen.
Doch auch ein anderes, hoch zivilisiertes außerirdisches Volk vom Stern Beteigeuze ist an der Formel interessiert, und so kommen sich Erdenmenschen und Außerirdische immer wieder ins Gehege um die Formel und verursachen so manches Zeit-Paradoxon. So retten sie unter Anderem Johanna von Orleans unfreiwillig vor dem Tod auf dem Scheiterhaufen und nehmen die Frankreich-Befreierin notgedrungen mit in die Weiten des Universums, in die ferne Zukunft, wo sie fantastische Abenteuer erlebt.

Der Autor übernimmt die volle Verantwortung für den Inhalt seines Werkes, nicht aber für die zahlreichen Exzentrizitäten, Macken und Mucken seiner Hauptdarsteller. Etwaige Ähnlichkeiten der Protagonisten mit nicht existierenden Personen oder Unpersonen wären rein zufällig.

M.H.

Aus dem Aldebaranischen übersetzt von Gamma Jota von und zu Algebra.

Alle Rechte vorenthalten

Ort der Handlung:

Max Planck-Institut für extraterrestrische Physik in Garching

(darin verborgen):

München-Garching, (streng geheimes) Zeitforschungsinstitut.

Zeit: Viele Jahrtausende in der Zukunft.

Nach der Katastrophe: Schicksal der Zeitentrückten.

Am nächsten Morgen, nach ihrer ersten, unruhigen Nacht an Bord des außerordentlich außerirdischen Raumkreuzers „AURORA", begannen die mutmaßlich letzten 31 Überlebenden von der zerstörten Erde erst so richtig, sich ihrer schicksalhaften Lage in vollem Umfange klarzuwerden.
Müde und erschöpft musterten sich die 31 Zeitentrückten im Aufenthaltsraum des großen Sternenschiffes ihrer aldebaranischen Retter gegenseitig.

„Oh, mein Kopf!", säuselte Aphrodite Chronos.
„Erschöpft, mein Liebling?", fragte ihr Freund Harry Wohlleben mit einem milden Lächeln.
„Viel schlimmer! Eher schon „entschöpft" ", säuselte Aphrodite zurück, die trotz allem ihren irdischen Humor offenbar noch nicht völlig verloren hatte.
„Und das war erst die erste Nacht!"
„Nanu, was höre ich da für ein seltsames Wort? Hast du wirklich „entschöpft" gesagt?", fragte Harry mit Erstaunen in der etwas metallisch klingenden Stimme.

„Hast du! Ich will damit zum Ausdruck bringen, dass wir letzten Überlebenden der Erdenkatastrophe durch die apokalyptischen Verheerungen des Riesenmeteors derart brutal aus unserer irdischen Schöpfungsgeschichte herausgerissen worden sind, dass man uns durchaus als „entschöpft" bezeichnen kann: Also, wir stehen jetzt ohne unseren Schöpfer da", erklärte Aphrodite brummig und kämmte ihre Haare mit einem leihweise zur Verfügung gestellten aldebaranischen Kamm, der nur drei Zinken aufwies.

„Hey, dein irdischer Humor immerhin funktioniert noch einwandfrei, den zumindest hat dir keiner abgeschöpft, auch nicht hier im Weltraum, mein kleines griechisches Luxusengelchen", sagte Harry anerkennend und lachte seine Freundin an.

„Lasst doch jetzt mal eure Kalauer beiseite und begreift lieber den Ernst der Lage, Kinder", mahnte Professor Chronos und sah das Paar missbilligend an.

„Aber Papa, du warst es doch, der immer so scharf darauf war, mithilfe deiner Zeitmaschine eine kleine Reise in die Vergangenheit zu unternehmen - stattdessen bekommst du jetzt sogar einen Gratistrip in die Zukunft: Direkt in das Sternensystem Aldebaran! Sag´ doch selber: Ist das nicht noch viel aufregender?", fragte seine Tochter Aphrodite stichelnd.

„Denn mit deinen bisherigen Reiseversuchen in die Vergangenheit bist du immer gescheitert, aber diese Reise hier mit unseren außerirdischen Gastgebern ist real und – doppelt fantastisch! Du musst doch schon zugeben: Welcher Erdenmensch hat Selbiges jemals schon geboten bekommen?"

„Aber ohne Rückfahrkarte zur Erde!", schnarrte der Professor verstimmt.

„Dir kann man aber auch gar nichts recht machen", lästerte Aphrodite mit gespielter Verstimmung und lachte los.

Alle Anwesenden lachten zum ersten Mal wieder richtig befreit auf.

„Jetzt haben wir hiermit sogar unsere eigene „Enterprise" für uns – sogar etwas viel Besseres als das berühmte Fantasieraumschiff; wer hätte das je für möglich gehalten?", versprühte Aphrodite schwärmerisch ihren Weltraum-Charme nach allen Seiten.

„Das muss doch auch einen besonderen Reiz für meinen kleinen Harry haben, den unverwüstlichen Trekkie-Fan, nicht wahr, Mr. Stonehenge?", sagte sie neckisch und drehte sich nach ihrem Freund um.

„Ja, das ist allerdings wahr", stimmte er ihr zu.

„Du siehst doch jetzt hoffentlich ein, dass ich recht hatte mit meiner Außerirdischen-Theorie von Stonehenge?", fragte er sie erwartungsvoll.

Sie nickte und summte wieder die Star Trek-Melodie vor sich hin.

„Ach, alles hier an Bord ist sogar noch viel moderner und bequemer als in unserem zerflossenen Jahr 8498", schwärmte Aphrodite und streichelte liebevoll eine Konsole, die ihr augenblicklich die gewünschte Eismenge in einem Becher lieferte.

„Nicht mal mit unverschämten Haushalts-Robotern braucht man sich hier auf der „Aurora" mehr abzugeben, wie mit unserem irdischen Robbie, der schon ein ärgerliches, arrogantes Eigenleben entwickelt hatte", sagte sie glücksversunken.

„Hier bekommt man alles durch eine simple Wischbewegung der Hand, direkt aus der Konsole, auf unserem megatollen *__Roomship Enterprise__*", hahaha", sagte sie lachend.

„Wieso „Roomship Enterprise", meine kleine Lady Gaga?", fragte Harry verwundert.

„Wieder mal ne lange Leitung wie?", fragte Aphrodite mit ergötzlichem Gekicher.
„Ist doch klar: „Raum" heißt auf Englisch „room". Und „Schiff" heißt „ship" – soweit klar?"
„Also heißt folglich „Raumschiff" auf Englisch, nach Adam Roter Riese: „***Roomship***"; jetzt alles gecheckt, ihr Halbaffen?", fragte Aphrodite übermütig.
„Oh, das war aber wieder mal ein äußerst witziger Kalauer der Ab-Sonderkreisklasse von „Lady Barefoot"", jaulte Harry laut auf.
Miriam und Demetrios lachten zumindest ansatzweise.
„Mensch, könnt ihr nicht mal kurz eure Albernheiten beiseitelassen, ihr starren Trek-Fans?", fragte Professor Chronos verstimmt.
„Genau, denn unsere Lage ist äußerst hoffnungslos, aber nicht ernst", ließ auch Katz verlauten.
Da trat der Kommandant der „Aurora" zu den Gestrandeten hin.

„Meine Herrschaften von der Erde, ich begrüße Sie recht herzlich nach Ihrer ersten, überstandenen Nacht im Weltraum", sagte er so jovial wie möglich.
„Wir könnten übrigens einen Erd-Rover zu Ihrer ramponierten Erde hinunterschicken", schlug er plötzlich vor.
„Der würde dann wahrscheinlich relevante Daten sammeln zum Status quo der Erdlinge. Dann könnte er uns die Daten nach Monaten zum Aldebaran hinauffunken, wenn wir wieder mit der „Aurora" nach Hause zurückgekehrt sind", schlug der Kommandant vor.
„Sie hätten dann eventuell Gewissheit, ob auf der Erde nicht doch noch andere Menschen überlebt haben".
„Dann wären wir allerdings zu weit entfernt von unserer Erde, um spontan noch rettend eingreifen zu können", bemerkte Professor Chronos betrübt.

„Ist es überhaupt noch möglich, einen Rover zur Erde zu schicken?", fragte Miriam Chronos zweifelnd.
„Durchaus", sagte der Kommandant zuversichtlich, und verlangte seinem leicht grünschuppigen Gesicht ein irdisches Lächeln ab.
„Denn wir sind ja erst einen Tag unterwegs, ich kann die Sonde sofort starten lassen. Und inzwischen haben sich sicherlich praktischerweise die durch die Staubmassen hervorgerufenen Turbulenzen und Explosionen glühender Gase schon bis zu einem zufriedenstellenden Grad auf der Erde gelegt. Dadurch riskiert der Erd-Rover nicht mehr, beschädigt, oder gar zerstört zu werden", führte der Kommandant aus.

Hoffnungsfroh sah Demetrios nach dieser ermutigenden Erklärung auf seine trübsinnig blickende, schwangere Lebensgefährtin.
Professor Rigorius hielt zuversichtlich seine junge Schauspielerin im Arm.
Katz nahm seine Zwangsgefährtin inzwischen weitaus gelassener zur Kenntnis, und auch schon mal in den Arm, wenn es sich nicht vermeiden ließ.
Und umgehend wurde der Earth-Rover gestartet. Die Mission erwies sich vorerst als voller Erfolg.
Das Fahrzeug schlug ungehindert die Route zur Erde ein.

Danach wandte sich der Kommandant der „Aurora" an Professor Chronos: „Könnten Sie uns bitte die Formel von Ihrer „Zeitüberlagerungsmaschine", oder wie Sie diese Maschine genannt haben, zur Verfügung stellen? Keine Angst, nur leihweise, damit wir die Brauchbarkeit der Formel testen können", schränkte der Chef der Aliens ein.
„Denn es ist ja immerhin möglich, dass sie tatsächlich funktioniert hat, als sich damals eventuell doch der Riesen-Ornithopter Ihrer Verfolger damit an einen anderen Ort,

oder vielleicht sogar in eine andere Zeitepoche versetzt hat", erklärte er.

„Aber gern", sagte der Professor sofort freudig bereit.

„Ich verstehe: Sie wollen dasselbe mit der „Aurora" versuchen, nicht wahr?"

„Genau, Professor, denn wenn Ihre Formel so funktioniert, wie wir uns das vorstellen, dann könnten wir die lange Rückreise von 128,9 Tagen nach Aldebaran eventuell drastisch verkürzen, indem wir unser Schiff in Sekundenschnelle auf unseren Planeten zurückversetzen", sagte der Kommandeur.

„Probieren wir es doch gleich aus!", schlug Chronos vor.

„Ich gebe Ihnen auf alle Fälle die Formel!"

„Danke, Professor. Denn bedenken Sie: Es könnte sich bereits jetzt zu diesem Zeitpunkt dieses mutmaßliche Konkurrenzschiff von Beteigeuze seit geraumer Zeit wieder in der Heimat befinden, wenn die Formel gewirkt hat", sprach der Commander.

„Dann müssen wir ihnen zeigen, dass wir die Formel auch haben – zu unserer eigenen Sicherheit!"

„Die Raumschiffcrew von Beteigeuze könnte aber auch in München verblieben sein. Aber dann eventuell in eine andere Münchner Zeitepoche versetzt worden sein! Zum Beispiel ins mittelalterliche München zur Zeit der Hexenverfolgungen!", sagte Chronos mit Schaudern.

„Genau, oder aber: Sie könnten in Ihrem Erdenjahr verblieben sein, nämlich 8498, aber zum Beispiel mitsamt ihrem Ornithopter auf Island gelandet sein", sagte der Kommandant.

„Und dann gibt es natürlich noch folgende Möglichkeit", sagte Harry Wohlleben versonnen: „Andere Zeit und anderer Ort: Die Crew des Alien-Raumschiffes könnte jetzt zum Beispiel schon seit Monaten im Jahre 45 v. Chr. in Rom festsitzen und Caesars letzten Eroberungszügen zugesehen haben", sagte er lächelnd.

„Ja, bravo, Herr Wohlleben, oder aber: Ihre Hypothese „Andere Zeit und anderer Ort" gilt auch für die Zukunft", sagte der Kommandant mit mildem Lächeln.
„Die Leute von Beteigeuze könnten im Jahre 500 000 n. Chr., immer noch auf Ihrer Erde, aber in einer neuen Eiszeit gelandet sein".
„Ja schon, aber vielleicht haben sie sich in diesem Fall mithilfe meiner Formel – und auch bei allen anderen, von uns durchdiskutierten, möglichen Zeitreisen - sofort wieder auf ihren Heimatplaneten und auch ins richtige Heimat-Jahr zurückversetzt, und sind in jedem Fall längst wieder zu Hause", meinte Chronos.
„Nur wenn Ihre Formel eine zweite Zeitverschiebungsreise zulässt, Herr Professor Chronos", schränkte der Kommandant hellsichtig ein.
„Denn Sie konnten ja noch nie nachprüfen, ob das überhaupt möglich ist. Wer sagt Ihnen, dass man nach der ersten gelungenen Zeitreise überhaupt wieder zurückkehren kann in seine eigene Zeit, oder auch nur in eine andere Zeit der Vergangenheit oder Zukunft?", fragte der Kommandeur überlegen.

Chronos erschrak fürchterlich.

„Sie haben recht! Vielleicht funktioniert der Zeitreise-Mechanismus tatsächlich überhaupt nur einmal – und dann sitzt man eventuell doch für den Rest seines Lebens in einer ungemütlichen Zukunft oder Vergangenheit fest!"
„Eben, Herr Professor, und genau all das wollen wir jetzt testen", sagte der Kommandant.
„Dann los, wir haben viel zu tun!", sagte Chronos gehetzt.

Kurz darauf kam er mit der Formel auf Aphrodites Pix-Pluster zurück und gab sie dem Kommandanten der „Aurora". Der bedankte sich.

„Junge, Junge! Ich bin vielleicht gespannt, was bei den Tests herauskommt", gestand der alte Gelehrte schwitzend.
„Ich auch, Professor, ich auch!", sagte der Kommandant ebenso angespannt.

Harry trat zu dem Alien-Kommandanten hin.
„Es gibt noch eine Möglichkeit: Die Besatzung des fremden Raumkreuzers könnte durch die Formel des Professors auch außerhalb der Erde, nämlich auf einen fremden Planeten versetzt worden sein: Und dann vielleicht auf den Jupiter! Aber zum Beispiel in eine Zeit der Vergangenheit, wo er noch nicht kolonisiert und besiedelt war! Wo er noch ein glühendheißer, lebensfeindlicher Gasplanet ohne Sauerstoff war! Zum Beispiel im Erdenjahr 1743! Und dann ist die ganze Besatzung schon seit Monaten tot! Verglüht, verschmort, verbrannt!", sagte Harry Wohlleben mit Schaudern in der Stimme.

„Ja, Sie sagen es, Sie sehen also: Es gibt sogar noch viele andere Möglichkeiten einer Zeitreise, oder auch nur einer normalen Reise des Raumschiffs: Direkt in ein schwarzes Loch – und dann ist es bestimmt egal, ob es sich um die Vergangenheit oder die Zukunft handelt; denn das Resultat dürfte auch wieder der sofortige Tod der Besatzung sein!", bestätigte der Kommandant.
„Oder das Schiff ist damals direkt beim ersten Zeitversetzungsversuch schon liquidiert worden", sagte der Commander traurig.
„Fürwahr – bei solch einer Möglichkeit allerdings beginne ich mich nun ernstlich zu fragen, ob wir den ersten Zeitversetzungsversuch mit der „AURORA" überhaupt wagen sollen?", fragte er schaudernd.
Alle irdischen und nichtirdischen Passagiere stöhnten auf, denn sie ahnten natürlich, worauf ihr Gastgeber hinauswollte.
Aphrodite schrie auf. Alle schauten zu ihr hin.

„Sie meinen: Vor ein paar Monaten, als mein kleiner, wendiger Ornithopter von diesem fremden Raumschiff in die Zange genommen wurde, und festgehalten wurde ... Und als ich dann in höchster Not Papas Zeitreiseformel mittels meines Pix-Plusters an die Fremden durchgegeben hatte, da ... haben diese sie sofort angewandt und sind eventuell gar nicht zeitversetzt worden, sondern ... haben sich in Nichts aufgelöst, sind also vernichtet worden?", fragte sie entsetzt.

„Weil Vaters Zeitreise-Formel ein Fake war, total versagt hat, absolut tödlich ist für ihre Anwender?"

„Damit muss man immerhin rechnen, liebe Aphrodite", sagte der Kommandeur traurig.

„Und uns könnte es genauso ergehen!", stöhnte der Alien-Chef.

„Denn: Bei der ersten Inbetriebnahme von Professor Chronos´ Zeitreiseformel könnte sich auch unsere „Aurora" sofort in Dampf auflösen, oder in was weiß ich! Mit uns allen hier darin!"

„Daher müssen wir von unserem hochleistungsfähigen Computer erst prüfen lassen, ob wir die Formel ohne Gefahr für unser Schiff anwenden können!", erwiderte der Kommandant.

„Daher wird es das Vernünftigste sein, wir lassen den Computer zuerst feststellen, ob wir mit der Formel, sollte sie wirksam sein, selber das Jahr, und/oder das Planetensystem bestimmen können, in dem wir landen wollen. Oder ob Zeitreisen damit nur ein reines Spiel mit dem Zufall sind, was Zeit und Ort einer Reise betrifft. Mein Navigator hat die Formel übrigens schon in unseren Hauptcomputer eingegeben. Gleich werden wir Gewissheit haben".

Alle Menschen atmeten erleichtert auf.

Aphrodite trat zu dem Kommandanten.

„Sagen Sie bitte, Herr Kommandeur: Sollte aber dieser Riesenornithopter von vor einigen Monaten, der mich mit meinem kleinen Privatflugzeug während meines Fluges in der Luft gefangen gesetzt hatte, doch nicht von Papas Formel zersetzt worden sein, dann muss dieses unbekannte Alien-Vehikel doch irgendwo gelandet sein?"
Der Kommandeur nickte.
„Und könnte Ihr Supercomputer, der uns Menschen technologisch um Jahrtausende voraus ist, dann nicht zumindest herausfinden, wo der ominöse Ornithopter gelandet ist, in dem vermutlich Bewohner des Sternensystems von Beteigeuze sitzen, wie wir vermuten, und welches Erdenjahr dort herrscht?"
„Ein kluger Gedanke, Fräulein Aphrodite, aber wenn der Computer nur eine Komponente unseres Fragenkataloges positiv beantwortet, dann versucht er sowieso automatisch, das Resultat einer ersten, gelungenen Zeitreise zu prüfen, und dann die Zeitreisenden zu orten, von welcher Raumschiffcrew auch immer diese Zeitreise unternommen wurde", führte der Kommandeur aus.
„Fantastisch!", rief Harry Wohlleben aus.
„Nicht so voreilig, junger Mann", schränkte der Captain ein.
„Wenn die vermutlich erste Zeitreise der Geschichte diesem rätselhaften „Riesenornithopter" tatsächlich gelungen ist, dann wird der Computer versuchen, ihn in der Zeit zu orten, aber ob es ihm tatsächlich gelingt, die Zeitepoche auszumachen, ist noch keinesfalls sicher".
Alle Menschen machten ein enttäuschtes Gesicht.

Der Kommandant gebot den 31 Menschen Schweigen, denn gerade meldete sich sein Navigator von seiner Computerkonsole aufgeregt mit einer sensationellen Meldung:
„Eine Antwort ist gekommen, Commander: Ja, Zeitreisen sind möglich mit dieser Formel des irdischen Professors,

sagt das Computer-System, aber nur, wenn man diese Formel mit der Technik einer anderen, noch nicht identifizierten, außerirdischen Raumschifffahrttechnik einer unbekannten Spezies verbindet", rief der Navigator freudig.
„Und diesem unbekannten außerirdischen Volk sei bereits eine solche Zeitreise gelungen – mithilfe von Professor Chronos´ Formel, meldet das System!", ergänzte der Navigator der Aldebaraner jubilierend.
„Aber es ist natürlich stark zu vermuten, dass es sich bei diesem Volk wirklich um die Wesen aus diesem Riesenornithopter handelt", gab der Navigator seine Meinung wieder.
Sowohl Erdenmenschen als auch Aldebaraner jubelten laut.

„Das heißt: Wir können selber mit meiner Formel von Ihrem Schiff aus keine eigene Zeitreise machen, sondern nur zusammen mit der überlegenen Technik der Leute von Beteigeuze?", fragte Professor Chronos elektrisiert den Navigator, etwas enttäuscht, aber trotzdem glücklich.

„Nicht ganz: Das unbekannte Raumschiff von Fräulein Aphrodites Begegnung der Dritten Art konnte die Zeitreise ganz alleine bewältigen – natürlich nur mit Ihrer Formel, die Ihre Tochter den Fremden durch ihr merkwürdiges, antikes Gerät vor einigen Monaten durchgefunkt hat", ergänzte der Navigator lächelnd.
„Wir Aldebaraner könnten dadurch natürlich doch eine eigene Zeitreise mit Ihrer Formel machen, Professor, aber dazu müssten wir die fremden Formelräuber erst einmal ausfindig machen, und uns dann allerdings wirklich ihre Computertechnik samt ihrer Raumschifftechnik aneignen!", orakelte der Navigator.
„Du meine Güte – und wenn man meine Formel mit Ihrer Raumfahrttechnik von Aldebaran verbindet, dann können wir damit also keine Zeitreise unternehmen, wenn ich Ihre

Botschaft richtig interpretiere, Herr Navigator?", fragte Professor Chronos arg verbittert.

„Leider nein, das ist sicher, tut mir wirklich Leid, Herr Professor, schon allein unserer Rasse wegen!"

„Ja, aber ... Haben Sie Ihren Computer dazu überhaupt befragt?", fragte Chronos mit ungeduldigem Drängen.

„Das war mitnichten nötig, Professor. Aus der Mitteilung des Computers geht klar hervor, dass Zeitreisen mit Ihrer Formel nur in Verbindung mit dieser uns noch unbekannten Raumfahrttechnik einer außerirdischen Rasse möglich sind, die wir erst noch identifizieren müssen".

„Verzeihung, aber das reicht mir nicht als Antwort, Herr Navigator", sagte Chronos ungeduldig.

„Bitte verstehen Sie mich richtig: Unter keinen Umständen möchte ich Ihre wissenschaftliche Kompetenz anzweifeln, Herr Navigator; dennoch bitte ich Sie inständig: Geben Sie trotzdem noch einmal die Frage in Ihr Computersystem ein, ob eine Zeitreise nicht doch möglich ist, wenn man meine Formel mit Ihrer Technik von Aldebaran verknüpft", bat er.

„Also gut, Professor: Das mache ich natürlich gerne, kostet ja keine weitere, große Mühe", versprach der gutmütige Navigator und stellte dem Computer die Anfrage.

„Leider unmöglich, ich sagte es ja, Professor", bestätigte der Navigator schwitzend wenige Minuten später seine düstere Meldung.

„Ja ... aber, hat der Computer eigentlich immer noch nicht herausgefunden, wo die Fremden mithilfe meiner Formel gelandet sind?", fragte Professor Chronos voller Eifer.

„Wo sie sich gerade aufhalten?"

„Leider noch nicht. Aber unser System ist unablässig dabei, die Raum-Zeit-Koordinaten dieses Raumfahrzeuges, das Sie „Ornithopter" nennen, zu ermitteln. Es bittet noch um Geduld. Aber keine Sorge: Sobald es das Fahrzeug geortet hat, werden wir von ihm auch den Planeten und das Jahr erfahren, wo sich die Formelräuber befinden", versicherte der Navigator.

„Wahnsinn", sagte Professor Chronos voller Zuversicht. „Aber eines ärgert mich dann doch ganz gewaltig: Niemals hätte ich so leichtfertig meine Zustimmung geben sollen, meine kostbare Formel an unsere fremden Entführer auszuliefern!", zeterte er voller Bitterkeit.

„Reg dich nicht auf, Vater: Wir hatten keine Wahl, andernfalls hätten uns die Fremden in unserem kleinen Ornithopter damals vielleicht zerquetscht, wenn wir uns geweigert hätten", sagte Aphrodite, stürmte zu ihrem Vater hin und warf sich tröstend in seine Arme.

„Ja, du hast recht, mein Kind", sagte er schweißüberströmt.

„Und? Sind die Fremden nun Wesen von diesem Stern Beteigeuze im Orion, wie Sie schon vor ein paar Tagen gemutmaßt haben, Herr Kommandant?", drängte die ungeduldige Aphrodite, die sich hastig von ihrem Vater gelöst hatte.

„Hat der Computer dazu noch keine relevanten Daten parat?", fragte sie mit beutegierigem Charme.

„Geduld, liebe Aphrodite, mein Navigator überbringt Ihnen sofort alle verfügbaren Informationen, sobald der Computer neue Ergebnisse hat", versicherte ihr der Kommandeur.

„Aber ich könnte Ihnen vielleicht jetzt schon mehr über die Identität der Fremden mitteilen, wenn Sie sich an die Bauform des unbekannten Raumschiffes erinnern könnten, das Sie damals angegriffen hat, Fräulein Aphrodite", begann der Aldebaraner zu fachsimpeln und legte die Stirn in Falten.

„Denn Sie haben es doch gesehen, oder? Wie sah denn der Raumkreuzer genau aus, den Sie „Riesenornithopter" nannten? Bitte, versuchen Sie, ihn mir genauestens zu beschreiben!"

„Ja, das ist eine gute Idee!", rief Chronos´ Tochter stürmisch aus.

Unruhe im Schiff, sowohl bei der Besatzung, als auch bei den Gestrandeten machte sich breit.
Alle scharten sich voller Erwartung um Aphrodite Chronos.
„Denn erkenne ich einwandfrei die Bauform des Schiffes, das architektonische Styling, dann kann ich mitunter auch über das Aussehen der Insassen darin Auskunft geben", sprach der aldebaranische Commander.

„Komm, erinnere dich, meine Tochter", bat Chronos eindringlich und patschte ihr sanft auf die Schulter.
„Immer noch nichts?", fragte der Captain den Navigator.
Dieser schüttelte bedauernd den Kopf.

„Also, dann jetzt Ihre Beschreibung, bitte, verehrte Erdenmenschin Aphrodite", bat der Kommandant.
Alle lachten. Sie dachte angestrengt nach, bemühte sich verzweifelt.
„Also, das Fahrzeug sah für meine bescheidenen, ornithologischen Begriffe aus wie ein riesiger Vogel, mit weißen, faltbaren, beweglichen Engelsflügeln, die aus einer Dachluke herausragten", erinnerte sie sich.
„Und die Raumfähre lief am Bugende tangential in einen Vogelschnabel aus, einen Pelikanschnabel, um genau zu sein - wie bei meinem kleinen Ornithopter", erinnerte sie sich.
„Und das Fahrzeug hatte noch bewegliche Seitenflügel in Stummelform, wie bei einer Hummel", sagte Aphrodite mit hoher Konzentration.
„Die Aufschrift mit dem Namenszug des Schiffes war grüngrau, doch ich vermochte den fremdartigen Schriftzug natürlich nicht zu entziffern", sagte Aphrodite nachdenklich.
„Beschreiben Sie mir bitte den Schrifttyp ganz genau!", insistierte der Aurora-Kommandant.
„Es sah aus wie griechisch, teilweise aber auch arabisch", sagte sie unsicher.

„Genügt das jetzt als Beschreibung?", fragte sie hoffnungsvoll.
Doch der Kommandeur der „Aurora" war der Meinung, die Beschreibung sei völlig unzureichend. Viele außerirdische Raumvehikel hätten solch ein Aussehen.
Eine Stunde später hatte der tüchtige Navigator immer noch keine weitere Erfolgsmeldung über den unbekannten Raumkreuzer.
Und Aphrodite schüttelte schon genauso lange den Kopf über alle möglichen, außerirdischen Raumschiffmodelle, die ihr der Kommandant zur Identifikation über seinen Computerbildschirm flashen ließ.

Am nächsten Morgen saß der Navigator immer noch vor seinem Supercomputer, der zumindest schon einmal wichtige Teilinformationen über die Technik der Fremden ausgespuckt hatte.
Doch von Rasse- und Planetenherkunft weiterhin keine Spur!
Auch noch keine Antwort, wohin die Fremden mit der geraubten Formel gereist waren.
Noch war klar, welches Jahr man dort schrieb.

„Wir werden wohl nie erfahren, in welches Planetensystem die Fremden mit der Formel geflohen sind, und ob sie dort überhaupt freiwillig gelandet sind", sagte der kleine Katz ernüchtert.
„Eben, vielleicht funktionierte die Formel von Professor Chronos auch nur nach dem Prinzip eines Zufallsgenerators", sagte der Aurora-Kommandant.

„Ach, Sie meinen, das Computerprogramm der Fremden mit der darin erfolgreich integrierten Zeitreiseformel hat die Raum-Zeit-Koordinaten lediglich mithilfe einer Zufallsauswahl auswählen können, als die Fremden die erpresste Formel aktivierten und sich damit in eine unbekannte, ungewisse Zeit der Vergangenheit oder der Zukunft versetzten?", fragte Katz interessiert nach.

„Ja, das ist möglich, aber sicher ist das natürlich auch wieder keinesfalls", erklärte der Kommandant.

„Aber wenn es so ist, und der Computer durch zufälligen Knopfdruck ein rein willkürliches Bestimmungsjahr ausgewählt hat, dann könnten die Formelräuber jetzt in einem verheerenden Jahr inmitten eines großen Krieges festsitzen und in einer gehörigen Patsche gefangen sein", trompete Katz.

„Oder sich im Gegenteil in einem wahren Paradies befinden", bestätigte der Aurora-Chef fröhlich.

„In einem vorchristlichen Garten Eden oder in einem ähnlichen in ferner Zukunft, zum Beispiel auf Alpha Centauri".

„Aber wer sagt uns eigentlich, dass die Fremden in einem lebensgefährlichen Katastrophenjahr festsitzen?", fragte der Aurora-Kommandant ebenso lächelnd zurück.

„Wenn der Zufallsgenerator nämlich weiterhin funktioniert, also, mehr als einmal - dann werden ihn die Fremden doch wohl schleunigst wieder in Betrieb gesetzt haben, nachdem sie zum Beispiel festgestellt haben, dass sie mitten in eine Atomkatastrophe hineingeraten sind. Und dann haben sie diese vielleicht sterbende, radioaktiv verseuchte Zeitepoche natürlich sofort wieder gegen eine andere Zeitzone eingetauscht, in die sie längst weitergereist sind", sinnierte der Kommandeur.

„Ja, vielleicht springen sie überhaupt gerade von einer ungünstigen Zeit in die nächste", räsonierte er.

„Ja, und dadurch hat selbst Ihr höchst fortschrittlicher „Aurora"-Quanten-Computer vielleicht gerade solche Mühe, die Koordinaten der Fremden in Raum und Zeit zu fixieren", spann Katz den Gedankenfaden weiter.

„Weil sie alles durchprobieren und nirgends länger in einer Zeit anhalten, sodass Ihr Computer vorerst kein länger währendes Datum ausmachen und uns übermitteln kann".
„Ausgezeichnet, Herr Professor Katzenelnbogen, das ist ein fabelhafter Geniestreich von Ihnen, dank Ihres fantastischen Brainstormings", lobte der Aurora-Kommandant ekstatisch und klatschte seine etwas krallenartigen, grünlich leuchtenden Hände zusammen.
„Nein, auch extrem kurzlebige Zeitsprünge müsste unser Computer registrieren, und zwar alle - und auch aufzeichnen können, Commander", widersprach der Navigator seinem Kommandanten.
„Also wieder mal eine Sackgasse", sagte dieser seufzend.

„Nein, vielleicht doch nicht, denn gerade empfange ich einige Koordinaten", rief der Navigator mit angespannter Miene aus.
„Schauen Sie, Captain!"

Alle eilten zu dem riesigen Panorama-Bildschirm, auf den der Navigator die Daten von der Computerkonsole übertragen hatte.
„Oh!"
„Es kommen einige Koordinaten durch, liebe Freunde von der Erde", jubelte der Navigator.
Alle Erdenmenschen stimmten ein lautes Hurrah-Geschrei an.
„Die fremden Formelräuber ... stammen von ... der ...", ließ der Navigator den Text vom automatischen Sprachumwandler in der Computerkonsole für die Erdenmenschen ins Deutsche übersetzen.
„Unser Quanten-Computer sagt, er habe das fremde Raumschiff der Formelräuber identifiziert, aber noch nicht geortet in Raum und Zeit."
„Fabelhaft: Und wer sind die Leute?", fragte Professor Chronos verschwitzt und in höchster Erregung.

„Geduld! Es kommt gerade durch auf unserem Bildschirm..."
„Die Fremden stammen ... von der ... APO ... APO ...".
Hier stockte der Bildschirmtext plötzlich.
„Was denn? Etwa von der *„Außerparlamentarischen Opposition"* vielleicht?", fragte Aphrodite vorwitzig, immer zu Scherzen aufgelegt.
„Oder gibt es im Weltraum auch eine fliegende *Apo*theke?", ulkte sie sich erbarmungslos durch den Weltraum.
Ihr Freund Harry Wohlleben lachte.

Alle Erdenmenschen scharten sich aufgeregt um den Bildschirm mit dem deutschen Text. Allerdings kam der Computer mit der Übersetzung nicht nach, weil selbst alles in der aldebaranischen Schrift der Originalsprache noch sehr unklar und unvollkommen herüberkam.

„APO ... APO ... CALYPSIS ... APOCALYPSIS vom Stern BE ... BE ...", begann der Computer endlich zu entziffern.
„Also doch vom Stern BETEIGEUZE?", fragte Professor Chronos alarmiert.
„Geduld, bitte, Herr Professor, Geduld", bat der Navigator.
„Ja, tatsächlich! ... BETEIGEUZE, das Schiff heißt „APOCALYPSIS" und beherbergt Einwohner vom Stern BETEIGEUZE im ORION ..., sagt der Computer", vollendete der Navigator elektrisiert den Satz.
„Also waren doch tatsächlich die Entführer unseres Ornithopters, die damals Ihre Formel abgegriffen haben, Leute von diesem Riesenstern BETEIGEUZE", sagte Katz ermattet zu Professor Chronos.
„Dann ist es also wahr, dass es sich bei den Formelräubern tatsächlich um ein Spionage-Aufklärungsschiff von unserer Konkurrenz von Beteigeuze handelt, wie ich schon richtig vermutet hatte, als ich Sie 31 Überlebende auf meine

„AURORA" holte", sagte der Kommandant staunend zu den 31 Gestrandeten.

„Aber wo sind die Fremden denn nun letztendlich gelandet, verflixt noch mal? Sagt der Computer darüber immer noch nichts?", fragte Harry Wohlleben.
„Nein, aber ich habe ihm die Standortfrage gerade erneut gestellt", beruhigte ihn der Navigator.
„Doch er hat weitere Daten, meine Damen und Herren!", rief er aufgeregt.
Alle horchten auf.
„Der Computer hat jetzt auch die genaue Anzahl von Besatzungsmitgliedern auf der „Apocalypsis" ermittelt: Demnach befinden sich 1361 Individuen an Bord, darunter 302 Besatzungsmitglieder von Beteigeuze ... Und über tausend Menschen von der Erde sind an Bord!", sagte der Navigator entzückt.
„Ja, die anderen Menschen sind alle von der Erde, sagt der Computer!", triumphierte der Navigator.
„Die Geretteten!", rief Aphrodite Chronos entzückt aus.
„Nein! Die Gekidnappten", berichtigte der Aurora-Kommandant scharf.
„Ja, dann natürlich auch die Geretteten", berichtigte er sich selber.
„Denn die Beteigeuzeaner haben dann wohl auch Menschen zu Versuchszwecken von der Erde entführt, konnten aber zufälligerweise, ohne es zu ahnen, vor der unvermuteten Meteoreinschlag-Katastrophe noch wesentlich mehr Menschen auf ihr Schiff retten, nämlich 1059, während ich nur noch Sie 31 auflesen konnte", sagte er fasziniert.
„Meine Frage von vor ein paar Tagen hat sich also damit erfreulicherweise erledigt", sagte der Kommandant befriedigt.
„Und mitsamt diesen 1059 entführten Menschen von der Erde sind die Leute von Beteigeuze also einfach so Hals über Kopf vor Neugierde in eine ungewisse Zeitepoche

gereist, als sie die Zeitreiseformel von Professor Chronos nach ihrem Raub gleich ausprobiert haben!", schloss er seine Argumentation.
„Was für eine Kaltblütigkeit sondergleichen!"

„Wahnsinn – dann könnten ja unter diesen 1059 Menschen sogar noch Verwandte oder Bekannte von uns 31 Überbleibseln dabei sein!", rief Aphrodite freudig aus.

„Sehr richtig, aber wir können ja nicht zu ihnen stoßen, um das festzustellen, weil wir immer noch nicht ihren Aufenthaltsort kennen!", bekräftigte ihr Verlobter Harry Wohlleben.
„Wir könnten nur direkt zu ihnen mit der „Aurora" reisen, wenn die 1059 Geretteten auf dem Schiff der Beteigeuzeaner noch auf der Erde verblieben sind, im Jahre 8498! Also nur räumlich versetzt worden sind! Nicht zeitlich! Und auch dann nur, wenn sie an einem sicheren Ort gelandet sind, den der Riesenmeteor noch nicht zerstört hat; zum Beispiel wirklich in Island, falls so viele Zufälligkeiten tatsächlich zusammengetroffen sein sollten, und sie sich an solch einem entlegenen Ort befinden. Zum Beispiel eventuell auch in Australien, bedenken Sie das bitte", sagte der Kommandant.
„Ja, wir müssen endlich wissen, in welchem Jahr sie gelandet sind", sagte auch Professor Chronos ungeduldig.
„Und wo", fügte seine Tochter hinzu.
„Ich habe auch diese Suchanfrage erneut gestellt", versicherte der Navigator.
Doch leider: Der Bildschirm erlosch plötzlich wieder völlig!
Ein allgemeines Aufstöhnen der Überlebenden war zu vernehmen.

Doch am nächsten Tag gab der Quanten-Computer der „AURORA" zur Freude der Besatzung endlich auch dieses langersehnte Geheimnis preis.
Allerdings wieder nur Stück für Stück!
„S 6!", rief der Navigator zu einer bestimmten Stunde plötzlich schallend durch den Raum.
„Wie bitte?", fragte Aphrodite aufgeschreckt wie ein Huhn.
„Sie sind auf Planet S 6 gelandet!"
„Und können Sie uns auch sagen, wo Planet S 6 liegt?", fragte Chronos mit zitternder Stimme.
„Das ist unsere aldebaranische Bezeichnung für Ihre Erde, die Formelräuber mit ihren 1059 geretteten Menschen sind also zum Glück doch auf Ihrer Erde gelandet, im Jahr...?"
„Leider noch unbekannt, das Jahr", sagte der Navigator.
„Aber der Computer versucht auch das noch zu ermitteln, doch er gibt gerade immerhin schon die Koordinaten der Zeitepoche an!", erwiderte er freudig.
„Planquadrat XL 234, 67, Raum-Zeit-Konstellation – primitive ... Epoche ... Das ist alles, was der Computer uns im Augenblick dazu sagen kann".
„Nicht möglich, auf unserer Erde sind sie! Vielleicht Jahrtausende nach dem verheerenden Meteoriteneinschlag im Jahre 8498!", quiekte Aphrodite erschrocken.
„Eventuell so um das Jahr 14000 n. Chr. könnten sie demnach dort gelandet sein, daher die vom Computer ermittelte „Primitive Epoche"", sagte Aphrodite stöhnend.
„Wer weiß, was jetzt dort für Zustände herrschen, nach der globalen Zerstörung der Erde? Vielleicht eine neue Steinzeit, und die Überlebenden bekämpfen sich gerade wacker mit Streitäxten – und unsere 1059 geretteten Landsleute aus dem Jahre 8498 sind mitten unter ihnen! Gruselige Vorstellung".

„Aber auch die 302 Besatzungsmitglieder der „Apocalypsis", meine liebe Aphrodite", sagte der Kommandant.

„Mitsamt ihrem Schiff! Und das kann in dieser Epoche gerade großes Aufsehen erregen!"
„Ja, vielleicht schlagen die Höhlenmenschen gerade mit Speeren auf das Spaceshuttle ein und knacken es wie eine riesige Nuss auf", höhnte Aphrodite.
„Weil sie denken, da drin wäre was Essbares zu finden, zum Beispiel vitaminreiches Fruchtfleisch wie in einer exotischen Frucht!"
Alle lachten.
„Ja, vielleicht handelt es sich ja sogar um Kannibalen bei den Urmenschen, und die verschmähen ja auch keinesfalls eine schmackhafte Menschenmahlzeit", erörterte Aphrodite grimmig.
Da wurde das Gelächter schon wesentlich dünner.

„Oh, gerade schiebt unser Computer noch die Meldung nach: Die Formelräuber sind tatsächlich per Zufallsgenerator in der unbekannten, unwirtlichen Zeitepoche gelandet, also höchstwahrscheinlich nicht freiwillig!", übermittelte der Navigator.
„Aber in welchem Jahr sind sie?", fragten wieder alle durcheinander.
„Zukunft oder Vergangenheit?"
Da musste der wackere Navigator wieder passen, denn nach der Anfrage hatte sich der Bildschirm wieder abgeschaltet.
„Aber warum sind sie nicht alle mit dem Zufallsgenerator umgehend in eine weitere Epoche gereist, wenn es dort in der ersten so primitiv zuging?", fragte der kleine Katz eifrig den Kommandanten.
„Vielleicht können sie das nicht, weil irgendetwas an der Raumschiff-Technik defekt ist?", fragte er listig.
„Vielleicht haben die Einwohner der primitiven Epoche das ihnen fremde Raumschiff tatsächlich mit Schwertern angegriffen und beschädigt?"
„Ach, alles wieder nur Spekulationen!", maulte Katz und schüttelte sich.

„Abwarten. Aber morgen bekommt der Computer bestimmt auch das Jahr heraus", prophezeite der „Aurora"-Kommandant.

Doch diesmal täuschte er sich.

Auch drei Tage später hatte der Quanten-Computer immer noch keine Jahreszahl parat.

„Und was tun wir jetzt?", fragte Professor Chronos genervt.

„Immerhin hat der Computer in den letzten drei Tagen die genauen Raum-Koordinaten der Gestrandeten ermittelt, wenn auch nicht das Zeitjahr des Transfers", tröstete ihn der Kommandant.
„Was nützt uns das aber? Damit kommen wir immer noch nicht zu unseren Zeitgenossen", sagte der Gelehrte.

„Doch. Das ginge an und für sich schon. Da wir nämlich zum ersten Mal exakte Koordinaten von einem gelungenen Zeitsprung besitzen, können wir mit unserer hochfortschrittlichen Quantencomputertechnik, in Verbindung mit Ihrer Zeitreiseformel, zumindest sofort alle 31 Menschen zu diesen Koordinaten zeitversetzen", sagte der Kommandant ermutigend.
Chronos erbleichte.
„Was sagen Sie? Das ... ginge wirklich?"
Der Kommandant nickte.
„Aber Sie sagten doch, Zeitreisen mit Ihrer Computertechnik wären unmöglich! Auch nicht in Verbindung mit meiner Formel!", sagte Chronos erregt.
„Das stimmt auch. Wir können keine e i g e n e n Zeitreisen damit unternehmen. Aber unser Quantencomputer hat mir heute früh bestätigt: Da den Leuten von Beteigeuze vermutlich die erste Zeitreise der Weltgeschichte gelungen ist, mit Ihrer Formel, Professor, so können wir von diesem

Erfolg unserer Konkurrenten profitieren und mit unserer Technik zumindest alle 31 Menschen und uns „Außerirdische" diesen gültigen Koordinaten hinterherschicken, die wir ja jetzt haben, indem wir uns alle mit unserem bordeigenen Wurmlochtunnel-Zeitmaschinen-Vehikel in dieses unbekannte Jahr der Gestrandeten versetzen. Aber nur in dieses einzige, uns noch unbekannte Erdenjahr können wir uns eben versetzen lassen, genau dorthin, wo Ihre Zeitgenossen und die Beteigeuzeaner sich jetzt befinden, nirgendwohin sonst! Wir wissen dann natürlich nicht, wo wir dann landen. Das Risiko wäre also groß. Also, sagen wir mal, es wäre zum Beispiel das Erdenjahr 10000 v. Chr., wo Ihre 1059 Mitmenschen hin versetzt worden sind, dann können wir nur genau dorthin reisen", erklärte der Kommandant.
„Ohne die Aurora".

„Wenn wir also als eine Art „Trittbrettfahrer der Zeit" Ihre Formel dazu anwenden, Herr Professor, so bleibt sie trotzdem immer noch untrennbar mit der Zeitreisetechnik von Beteigeuze verbunden, weil unsere Konkurrenten ja großzügigerweise die technische und logistische Vorarbeit geleistet haben, nämlich mit ihrer ersten gelungenen Zeitreise", sprach der Aurora-Kommandant lächelnd.
„Haben Sie das alle verstanden?"
„Somit hätten dann eigentlich die Leute von Beteigeuze, zumindest indirekt, auch unsere Zeitreise bewältigt, ohne allerdings etwas davon zu ahnen, wenn wir uns entschließen, uns in ihre Zeit versetzen zu lassen."
„Ich verstehe", sagte Chronos und lächelte zurück.

„Das alles habe ich ja noch gar nicht gewusst", sagte Chronos verdattert.

„Glauben Sie mir, werter Herr Professor, ich erfuhr es auch erst heute zum ersten Mal von unserem Quantencomputer, als ich ihn doch noch einmal nach einer eigenen Zeitreisemöglichkeit unseres Raumschiffes in Verbindung mit Ihrer Formel befragte."

„Und sollen wir nun das Wagnis eingehen, den Verschwundenen hinterher zu reisen?", fragte Chronos deprimiert.

„Na ja: „Primitive Epoche" muss ja übrigens nicht gleichbedeutend sein mit Lebensgefahr ... Dieses Erdenjahr könnte also auch ein urwüchsiges, unentwickeltes Paradies sein, egal ob es sich in der Vergangenheit oder in der Zukunft befindet", orakelte der Kommandant.
„Trotzdem kann ich allerdings nicht verantworten, unsere und Ihre Leute einfach so mir nichts dir nichts zu diesen Koordinaten zu schicken, weil ich unmöglich voraussehen kann, was dann unsere Freunde von Beteigeuze dort in der unbekannten Zeitepoche mit uns anstellen ... Wenn sie uns ankommen sehen! Sie könnten uns ja alle als missliebige Konkurrenten töten", gab der Kommandant zu bedenken.
„Oder uns alle zu ihren Arbeitssklaven degradieren!", tönte Aphrodite verbittert.
„Genau!", sagte ihr Vater, Professor Chronos nachdenklich.
„Wir könnten uns doch wehren!", deklamierte der kleine Katz donnernd.
„Das gäbe nur einen neuen Stellvertreterkrieg zwischen unseren beiden Rassen auf einem vielleicht ansonsten friedlichen Planeten", warnte der „Aurora"-Kommandeur.
„Und dann würden wir ein vielleicht friedliches Urvolk zutiefst verstören mit unserer Gewaltanwendung bei den Kampfhandlungen mit den Beteigeuze-Leuten – das wollen wir doch tunlichst vermeiden", sagte er bestimmt.
Nachdem er seine Gedanken neu geordnet hatte, nickte Professor Chronos zustimmend über diese vernünftige Argumentation des Kommandanten.

Doch auf einmal herrschte wieder eine große Aufregung an Bord, als der Navigator verkündete: „Schauen Sie bitte alle mal her: Wir haben jetzt endlich auch ein Bild von der unbekannten Epoche, aber unverständlicherweise immer noch keine Jahreszahl!", rief er aus.

„Was? Wir bekommen sogar zuerst ein Bild, noch bevor wir die Jahreszahl wissen?", fragte Professor Chronos erstaunt.

„Ja, sehen Sie doch selber! Da auf dem Schirm sehe ich zumindest schon mal Menschen herumwuseln", berichtete der Navigator hochnervös und mit schriller Stimme.

„Hurrah – es ist endlich geschafft, Leute!", brüllten alle vor Begeisterung.

„Dann werden wir die Menschen anhand ihrer Kleidung zu identifizieren versuchen!", rief sein Kommandant begeistert.

„Gute Arbeit, Navigator!"

„Ja, und der Baustil der Gebäude wird uns die historische Zeitepoche deutlich machen, und der technische Fortschritt der Menschen wird uns helfen, das Zeitjahr eng einzugrenzen in einen geschichtlichen Bezug", meinte Professor Chronos begeistert.

„Natürlich nur, wenn es sich um ein Jahr aus der uns bekannten Vergangenheit handelt!", schränkte er ein.

„Ja, wir werden uns bei der Zeitbestimmung höchstens um ein paar Jahre irren, aber nicht, wenn wir was Bekanntes entdecken – zum Beispiel ein historisches Ereignis!", bestätigte Aphrodite mit vibrierender Stimme und hüpfte vor Freude auf und nieder.

„Also, halten wir mal Ausschau nach den Menschen! Sind da vielleicht auch schon einige von unseren Leuten aus unserem Jahr 8498 dabei?", fragte Harry Wohlleben leidenschaftlich mit großen Augen, die gebannt auf den Bildschirm blickten.

Der riesige Monitor der „Aurora" flackerte und fluktuierte gerade etwas, doch das farbige Bild kehrte gleich wieder normal zurück.

„Seht nur! Sieht aus wie das Mittelalter! Eine alte Burg im Hintergrund, dunkle Zinnen, grobe, rissige Mauern und Wehrtürme - und Männer mit altmodischen Helmen und Lanzen und ... Sind das Kettenhemden?", fragte Harry Wohlleben erstaunt.

„Ja, tatsächlich, das sind welche!", bestätigte Professor Chronos, ganz aus dem Häuschen.

„Aber warum laufen die Leute alle so wild durcheinander?", wunderte sich die starrende Aphrodite.

„Ah, ja, jetzt erkenne ich es: Weil irgendwo ein Feuer ausgebrochen ist! Die Leute versuchen alle zu löschen!", sagte sie erregt.

„Und man sieht jetzt auch dichten Rauch aus dem Hintergrund hervorquellen!", bellte sie und sperrte dramatisch die Augen auf.

„Ja, weitere Leute rennen jetzt alle hin zum Feuer, mit eckigen Eimern in den Händen, um es zu löschen!", wiederholte Aphrodite noch einmal mit aufgeregter Schnappatmung.

„Löschen? Von wegen „Löschen"! Die versuchen eher, es anzufachen!", behauptete Demetrios jedoch plötzlich.

„Aber man sieht ja gar nichts mehr vor lauter Rauch! Jetzt ist kaum noch was zu erkennen!", beklagte sich Professor Chronos.

„Und das ganze Geschrei der Menschen ist ja unerträglich!", ergänzte er und fasste sich an die Ohren.

„Geschrei? Ja, tatsächlich! Wir empfangen jetzt sogar einen Ton, eine Art Raumton!", rief der Kommandant verblüfft aus.

„Das alles ist auch völlig neu für uns!", gestand er.

Das Bild wackelte unversehens und wurde für einige Sekunden Schwarzweiß.

Doch gleich darauf kehrte die Farbe wieder zurück.

„Ja, da schreit eine junge Frau, die von dem dichten Rauch inzwischen ganz und gar eingeschlossen ist!", rief Aphrodite japsend und zeigte mit dem Finger auf das Geschehen.

„Und sie scheint irgendwie zwischen Pfählen eingeklemmt zu sein, sie kann sich nicht bewegen!", ergänzte Aphrodite mitfühlend.

„Die Retter wollen die Arme befreien", sagte sie zitternd.

„Mist, bei dem Qualm kann man aber auch wirklich nichts mehr erkennen", sagte Harry.

„Doch warum kämpfen dann einige Gestalten miteinander, wenn die Frau aus dem Feuer befreit werden soll?", fragte Demetrios zweifelnd, der gerade auf diesen neuen Umstand, den er trotz der inzwischen zeitweise das ganze Bild einnehmenden Rauchschwaden entdeckt hatte, aufmerksam machte.

„Ja, das ist wahr, iiiiiih! Habt ihr das auch gesehen? Gerade wird einer mit einem Schwert niedergemacht, der an der Frau zerrte!", rief Aphrodite entsetzt und wandte den Kopf ab.

„Das ist wahr! Aber wieso? Warum nur?", fragte Harry erschüttert.

„Und der Mörder mit dem Schwert, warum wollte er verhindern, dass der Frau von dem Mann geholfen wird? Aber ... Schaut euch das an, das ist ja einer aus unserer Epoche! Der Mann, der Mörder mit dem Schwert! Seht euch seine Kleidung an!", rief Professor Chronos atemlos.

„Tatsächlich, und jetzt greift er schon wieder einen anderen Menschen mit seinem Schwert an! Er trägt eine moderne Armbanduhr am Handgelenk, seht ihr?", fragte Harry.

„Und eine Art von Raumanzug!"

„Und ein Mann vom Stern Beteigeuze hilft Ihrem Erdenmenschen mit dem Schwert jetzt sogar bei der Tötung eines weiteren Mannes in mittelalterlicher Kleidung, sehen

Sie?", stellte der Aurora-Kommandant fassungslos fest und zeigte auf den Mann.

„Ich erkenne ihn an der typisch grauen Gesichtsfarbe der Beteigeuzeaner", erklärte er, „und außerdem trägt er ja auch hochmoderne Kleidung und ein Lasergewehr, statt eines Schwertes!"

„Haben die beiden Rassen sich etwa verbündet, Menschen von 8498 und Beteigeuzeaner, um die einheimische Bevölkerung dieser Zeitepoche auszurotten?", brüllte Aphrodite entgeistert dazwischen.

„Moment, was schreit das Volk da im Hintergrund? Hört sich verdächtig nach französischen Lauten an!", mutmaßte Professor Chronos jetzt.

„Ja, sie schreien: „Brûlez-là!", oder: „Brûlez-les!", oder beides schreien sie immerzu, in einem Fort", glaubte Aphrodite aus dem Tohuwabohu herauszuhören.

Die Rauchwolken nahmen für einen Augenblick beträchtlich ab, sodass die Besatzung der „Aurora" kurzzeitig eine bedeutend klarere Sicht auf das Geschehen hatte.

„Hey! Das ist ja gar kein Brand, der da bekämpft werden soll, Leute, das ist das Feuer ... eines Scheiterhaufens, mein Gott!", stellte Professor Katz mit schriller Fistelstimme fest.

„A bas les diables étrangers!", schreit das Volk jetzt", behauptete Aphrodite.

„Nieder mit den ... teuflischen Fremden!", übersetzte sie, für alle.

„Ja! – „Brûlez la sorcière!" – „Verbrennt die Hexe!", deklamiert das Volk laut", übersetzte Aphrodite.

„Ja, die junge, kurzhaarige Frau da auf dem Scheiterhaufen soll verbrannt werden!", schrie Aphrodite fassungslos.

„Ja, und zur Rechten und zur Linken des Scheiterhaufens halten Soldaten mit Speeren bewaffnet eine Art von Wache über das martialische Geschehen!", erkannte Harry Wohlleben richtig.

„Meine Güte, wir sind ganz offensichtlich mitten in eine mittelalterliche Hexenverbrennung hineingeraten!", sagte Professor Chronos mit heftig erschütterter Gemütsverfassung.

„Jetzt wird einiges klarer, meine Freunde: Deswegen haben die Männer von Beteigeuze sich mit ihren Gefangenen, den deutschen Erdenmenschen aus der Zukunft, verbündet: Nicht, um wahllos zu töten, sondern, um die kirchlichen und geistlichen Fanatiker dieser Zeitepoche des Hexenwahns davon abzuhalten, die Unschuldige dort auf dem Scheiterhaufen zu verbrennen", sprach der Kommandant der „Aurora".
„Sehen Sie: Jetzt schlagen der deutsche Erdenmensch mit dem Schwert und ein Beteigeuzeaner gerade gemeinsam auf einen Mann ein, der das Feuer des Scheiterhaufens weiter anfachen wollte! Nein, der Mann hat ein Messer in der Hand! Offenbar wollte er die zum Tode verurteilte Frau erstechen, weil ihre schnelle Verbrennung in dem außerirdischen Tumult nicht mehr gewährleistet ist", vermutete er richtig.
„Ja, denn das Feuer geht langsam aus, denn seht mal: Einige unserer Geretteten und Beteigeuze-Leute schleppen Kübel mit Wasser an! Sie löschen tatsächlich das Feuer!", rief Katz erregt in den Trubel hinein.
„Tatsächlich, es ist bereits ausgegangen!", rief Chronos.
„Ja, nur noch weiße Rauchschwaden sind zu sehen!", berichtete Harry.
„Ja, die Besucher aus der Zukunft scheinen alle nur der armen Frau helfen zu wollen", plärrte es aus Aphrodite heraus.
„Daher ihre erbarmungslose Hatz auf die Häscher der ... **Inquisition!",** dämmerte es ihr schlagartig.

Auf einmal schrie der Navigator: „Ich bekomme jetzt eine Datumsanzeige! Sehen Sie! Das Geschehen ist in

Frankreich ... im Jahre 1400 ... Nein, die Jahreszahl läuft weiter ... 1420 ..."
Noch fluktuierte die Anzeige, hatte sich noch nicht eingependelt ins richtige Jahr!
„1430 ... 1431!", las der Navigator vom Bildschirm ab, obwohl alle Zuschauer natürlich gebannt die schwankenden Jahreszahlen mitlasen.
„1431! Die Jahreszahl-Anzeige bleibt jetzt stabil beim Jahre 1431", sagte der Navigator.
„1431!", wiederholte Aphrodite voller Anspannung. „Im Jahr 1431 spielt sich das perverse Treiben also ab! Das würde zu den uralten Gebäuden und dem Kleidungsstil der Menschen perfekt passen..."
„Und der Ort?", fragte der Kommandant.
„Moment – jetzt kommt es gerade", sagte der Navigator zitternd.
„Frankreich, ... in Rou ... en! Rouen!"
„Rouen in Frankreich, im Jahre 1431! Wir haben es!"
„Noch nicht ganz! Können Sie vielleicht auch noch den exakten Tag ermitteln?", bat der Kommandeur.
Der Navigator nickte.
„30. Mai, ... 1431! Ja, in der Stadt Rouen, in Frankreich! Wir haben es nun endgültig!"
„Danke, Sie sind ein As!", lobte der Kommandant.

„30. 5. 1431, in Rouen, Frankreich, das klingt irgendwie vertraut! War da nicht was Besonderes?", fragte Professor Chronos mit nervöser Unruhe.
Aphrodite blickte mit offenem Mund zu ihm hin. Ihr dämmerte es.
„Die Heilige Johanna!", rief sie aus.
„Jeanne d´Arc, die Jungfrau von Orleans!", rief Chronos.
„Der Hundertjährige Krieg!", rief Harry Wohlleben.

„Sie wollen die Heilige Johanna verbrennen! Die berühmteste und tapferste Frau der Welt! Wir müssen die elende Saubande aufhalten!", schrie Aphrodite.

„Sie können also etwas anfangen mit diesem Datum?", fragte der Kommandant erfreut.

„Na großartig!"

„Wer ist das, die „Heilige Johanna?"", fragte auch der Navigator mit angespanntem Interesse nach.

„Keine Zeit jetzt für lange Erklärungen", krächzte Professor Chronos fahrig dazwischen, „wir müssen sofort handeln und sowohl für Jeanne d´Arc, als auch für unsere Erdenmenschen moderne Hilfe ins Jahr 1431 hinunterschicken", befahl er aufgeregt.

Der Kommandant schüttelte energisch den Kopf.

„Wenn wir jemanden von uns in diese Zeit versetzen, dann können wir ihn vielleicht nicht wieder auf die „Aurora" zurückholen", protestierte er.

„Ja, das stimmt", sagte Katz erregt.

„Wenn zum Beispiel der Professor und ich freiwillig in diese Zeit gingen, dann müsste es uns erst mal gelingen, die „Apocalypsis" der Beteigeuzeaner zu kapern, um mit der darin verarbeiteten Zeitreiseformel hierher aufs Schiff zurückzukehren", erläuterte Katz.

„Ja, aber dazu müssten wir erst mal lernen, wie man meine Formel dazu überhaupt anwenden muss", sagte Chronos resigniert.

„Dazu müssten wir auch noch den Captain der „Apocalypsis" in unsere Gewalt bekommen, und ihn zwingen, uns den Mechanismus der Formel zu erklären", ergänzte der Professor, „und wo ist dieses Schiff überhaupt gelandet? Wir müssten erst einmal den Standort des Raumgleiters ausfindig machen; könnten wir dazu nicht ein Bild heranzoomen?", fragte er hastig.

Der Kommandeur nickte eifrig und beifällig.

„Wenn er nicht bei dem Zeitversetzungsprozess beschädigt oder gar zerstört worden ist", schränkte er ein.

Er gab seinem Navigator den Befehl, die „Apocalypsis" ins Blickfeld des Bildschirms zu zoomen.
Schon nach ein paar Sekunden verkündete dieser eine Erfolgsmeldung:
„Da, dort ist das Schiff! Man kann sogar den Namenszug bis „APO" erkennen!", rief der Navigator freudig.
Die „Apocalypsis" war in der Tat deutlich erkennbar im Bild zu sehen, wie sie direkt vor der Kathedrale von Rouen parkte. Scheinbar unversehrt.
„Tatsächlich! Das ist das Schiff, das uns damals in die Zange genommen hat!"; rief Aphrodite voller Beklemmung laut aus.
Professor Katz bestätigte die Aussage von Chronos´ Tochter.
„Es ist wirklich derselbe „Riesen-Ornithopter" von damals; alles stimmt: Die Bauweise, die Farbe, die Größe!", triumphierte die forsche Aphrodite munter.

„Genau, und wenn wir erst mal mitten in diesem Geschehen mit drin sind, dann werden uns doch unsere 1059 deutschen Landsleute von 8498 bestimmt erkennen und uns helfen! Dann wird es uns ein Leichtes sein, gemeinsam mit dieser Übermacht den „Apocalypsis"-Kapitän zu überwältigen, und ihn zu zwingen, uns meine Formel wieder für unsere eigenen Zwecke dienstbar zu machen!", wagte Professor Chronos kühn zu behaupten.
„Denn die Wesen von Beteigeuze verfügen ja nur über 302 Besatzungsmitglieder!", trompetete er fröhlich.

„Aber Herr Professor, die haben doch hochleistungsfähige Laserwaffen, die Männer von Beteigeuze!", widersprach der „Aurora"-Kapitän energisch.
„Schaut mal her: Die arme Johanna wird wieder angegriffen! Von nachrückenden Soldaten! Sie ist noch nicht gerettet!", rief Aphrodite wieder, entflammt vom

leidenschaftlichen Schrecken des Mitgefühls, als der Navigator wieder auf den Scheiterhaufen gezoomt hatte.
Doch da wurden die französischen Gotteskrieger gleich wieder von den Lasergewehrsalven der Beteigeuzeaner niedergemäht. Getroffen fielen viele zu Boden. Der Rest machte kehrt und floh. Weit weg von Johannas Scheiterhaufen.
Gedankenverloren und mit weit aufgerissenen Augen verfolgte die Jungfrau von Orleons das für sie unbegreifliche Geschehen.
„Götter! ... Götter vom Himmel mit Wunderwaffen sind auf die Erde gekommen, um mir beizustehen, um mich zu befreien!", rief Johanna verklärt, mit breitem Seufzer.
„In einem großen, weißen Vogel sind sie gekommen!"
„Heilige Mutter Gottes, ich danke Dir!"

Aphrodite wandte sich jetzt entschlossen an den Aurora-Kommandanten: „Schicken Sie zumindest mich und einige Männer in diese Epoche, dann können wir Johanna helfen!", jammerte sie.
„Ich melde mich freiwillig zur Johanna-Rettungs-Mission!"
„Das schaffen Ihre zahlreichen Landsleute schon von ganz alleine, ich würde also davon abraten, sich in das gefährliche Kampfgeschehen einzumischen", sagte der Alien-Chef.
„Nein, das ist es nicht alleine, um was es geht; wie wäre es, wenn wir 31 Erdenmenschen für immer in dieser Zeitepoche blieben?", fragte Harry Wohlleben.
„Ja, dann wären wir immerhin wieder auf unserer guten alten Erde, und lange, bevor der Riesenmeteor sie im Jahre 8498 zerstört!", bestätigte Aphrodite vehement.
„Ja, wenn Sie uns da unten im Jahre 1431 absetzen, dann bleibt die Erde noch über 7000 Jahre heil", bestätigte auch Demetrios.
„Ja, wir könnten dann zwar weiter auf der Erde leben, aber doch in einer höchst unsicheren, unwirtlichen

Vergangenheit, ohne modernen Komfort und ohne demokratische Lebensverhältnisse", warnte Professor Chronos.

„Wir wären dann eine exotische Truppe, die beständig das Misstrauen der zeitgenössischen Einwohner erwecken würde", gab er zu bedenken.

„So ist es. Und wie sollen wir denn überhaupt in so einer rückschrittlichen Zivilisation überleben? Wir wären gänzlich ohne Rechte, ständig in Lebensgefahr!", protestierte auch Katz heftig.

„Ohne moderne medizinische Versorgung, und ständig von religiösen Fanatikern umlagert, die auch uns auf den Scheiterhaufen bringen werden, denn die Inquisition dieser Zeit wird uns als Andersartige verteufeln und daher als Ketzer anklagen, so wie wir gekleidet sind, und so wie wir aussehen, mit unseren seltsamen Frisuren! Und die technischen Geräte, die wir bei uns tragen, werden erst recht als Beweis für unsere todeswürdigen Verbrechen herhalten müssen, die werden als „Erfindung des Teufels" gebrandmarkt werden, wenn die Inquisition sie in die Finger kriegt!", führte er vehement aus.

„Ach was, wir müssen dann halt auf unsere gewohnte Kleidung verzichten und uns der Epoche gemäß kleiden", meinte Aphrodite leichthin.

„Ausgerechnet du musst dich so großspurig und selbstsicher aufführen!", protestierte Miriam empört.

„Du jammerst doch schon, wenn dein Pix-Pluster gerade mal für zwei Minuten nicht zur Hand ist".

Die Umstehenden stimmten in zustimmendes Gelächter ein.

„Und wie willst du im Jahre 1431 ohne deinen Ornithopter überleben?", fragte Miriam mit höhnischem Zweifel.

„Wir würden dann vielleicht, mit viel Glück, bis über das Jahr 1500 hinaus leben, aber dann sind zum Beispiel die Flugzeuge trotzdem noch lange nicht erfunden worden",

tadelte Miriam die unüberlegte Geisteshaltung ihrer Tochter.
„Eben, nicht mal Züge und Eisenbahnen gibt es, oder gar Autos", fügte Professor Chronos düster hinzu.
„Und diese waren schon unbequem genug…"
„Sogar ein einfacher Fesselballon, den wir uns leicht konstruieren könnten mit unseren Zukunftskenntnissen, würde ein gewaltiges Aufsehen im Jahre 1431 erwecken", fügte Katz realistisch in das Gespräch ein.
„Was uns wiederum eine Anklage bei der Inquisition einbringen würde", sagte Miriam sachkundig.
„Eine Flugmaschine wäre nämlich in ganz besonderem Maße als ketzerisches Teufelszeug verschrien, dort in dieser Epoche", ergänzte sie.
„Ja, genau: Die Inquisition würde uns vorwerfen, nur die Engel des Herrn dürften durch die Lüfte fliegen, und wir wären alle in kürzester Zeit auf dem Scheiterhaufen!", bestätigte Katz sachkundig.
„Das alles würde uns aber nicht passieren, wenn wir nach Amerika auswandern", bemerkte Aphrodite gewitzt.
„Dort konnte man tun und lassen, was man wollte", sprudelte es aus ihr heraus.
„Dort ist man immer willkommen, wenn man als Fremder neue, aufsehenerregende Erfindungen mitbringt, die dem Land nützen können und ihm einen immensen technischen Fortschritt vor allen anderen Ländern ermöglichen", behauptete Aphrodite.
„Aber 1431 war das doch noch ein beinahe gänzlich unentdecktes Land, mein Kind!", tadelte Miriam.
„Eine endlose Wildnis, voll von Gefahren, Naturkatastrophen, wilden Tieren und sich bekriegender Indianerstämme! Erst 1492 wurde Amerika überhaupt von Kolumbus entdeckt! Da haben die ersten Weißen überhaupt erst mal ihren Fuß auf diesen Kontinent gesetzt. Und seine demokratische Verfassung bekam Amerika erst im Jahre

1787! Ab dann begann erst langsam die frühe Zivilisation!", mahnte Miriam an.
„Ach was! Mit ein paar unserer Laserwaffen bringen wir ganz schnell Ordnung in das Chaos, das werdet ihr ja sehen", gab Aphrodite hochmütig zum besten.
„Dann entsteht die neue Zivilisation dort gleich ein paar Jahrhunderte früher!", gab sie großsprecherisch an.
„Vor allem, wenn wir dazu auch noch unsere neuesten Computer in Amerika einsetzen, mein lieber Schwan!"
„Schon nach einem Jahr, im Jahre 1432, könnten wir in Amerika unseren eigenen deutschen Staat gegründet haben, diesmal mit deutscher Sprache, die dann auch alle Neu-Einwanderer automatisch von uns lernen, und allem technischen Know-how, wohnlichem Komfort, einschließlich Ornithoptern und Pix-Plustern, zuzüglich Weltraumkuppelstädten!", tönte Aphrodite vor strotzendem Selbstbewusstsein.
„Und den Grand Canyon benutzen wir als unsere militärische Operationsbasis. Denn dort richten wir eine Raketenabschussbasis und einen Weltraumbahnhof ein", sagte sie leichthin, aber mit großer Begeisterung.
„Und wie wollen Sie das alles in nur einem Jahr entstehen lassen?", fragte Katz spitz.

Da schaltete sich Professor Chronos wieder ins Gespräch ein, denn er hatte inzwischen herausgefunden, dass die arme Johanna von Orleans, die auf ihrem Reisighaufen stand und auf dem Scheiterhaufen an einem Pfahl angebunden war, das Bewusstsein verloren hatte. Ihr Kopf war auf die Seite gekippt, auf die Schulter gefallen.
„Ihr tätet besser daran, eure Zukunftspläne in Amerika noch ein klein wenig zu verschieben, und solltet euch stattdessen lieber wieder der aktuellen Epoche in Frankreich zuwenden, seht mal!", rief er.

Alle Gespräche verstummten spontan und jeder wandte sich wieder der frommen Ex-Schäferin und tapferen Kriegerin zu.

„Oh, die arme Johanna ist am Rauch erstickt, während wir hier munter drauflos gequatscht haben!", rief Aphrodite entsetzt.

„Aber nein, ich höre sie husten", widersprach Harry Wohlleben energisch und zeigte mit dem Finger auf die Szene.

„Und seit wann können Tote husten?", fragte er sarkastisch.

„Tatsächlich – wir müssen sofort Hilfe hinunterschicken", sagte Demetrios.

„Aber das geht doch nicht, das habe ich Ihnen doch schon ausführlich erklärt, meine Herrschaften!", wiederholte der Alien-Chef kopfschüttelnd.

„Wir können dann nicht mehr zurück an Bord gelangen!"

„So?", erwiderte Demetrios gewitzt.

„Dann müssen wir eben als erste Maßnahme einen Sturmtrupp in Marsch setzen, der die „Apocalypsis" der Formelräuber kapert, und die wachhabende Besatzung gefangen nimmt. Und dann nehmen wir uns ihr Computersystem vor, das jetzt so erfolgreich mit der Zeitreiseformel meines Vaters verbunden ist!", schlug er vor.

„Denn erst wenn wir Formel und Schiff erfolgreich in unserer Hand haben, dann können wir die Formelräuber, das heißt, die 302 Beteigeuzeaner, dort alle in ihrer unfreiwilligen Zeitzone zurücklassen, und wir lassen uns alle nach Hause zurückversetzen, erst mal nach Aldebaran! Das machen wir dann mithilfe der gekaperten „Apocalypsis". Und uns 31 Menschen von der zerstörten Erde können wir dann zusammen mit unseren Landsleuten, den 1059 entführten Menschen von der „Apocalypsis", in eine Zeitepoche unserer Wahl versetzen", schlug Demetrios elektrisiert und reichlich abenteuerlich vor.

„Das alles funktioniert natürlich nur, wenn es uns dann auch noch gelingt, den Zeitreisemechanismus der Leute von Beteigeuze in ihrer „Apocalypsis" so zu modifizieren, dass wir den Zufallsgenerator bei der Zeitepochenwahl ausschalten können", sagte er mit keckem Lächeln.
„Denn wir wollen ja zukünftig schon selber bestimmen können, in welchem Jahr wir demnächst landen. Zum Beispiel im Jahre 8000, als unsere Erde noch nicht zerstört war von diesem verheerenden Riesenmeteor", sagte Demetrios mit süffisantem Lächeln.

„Schön ausgedacht, aber sind das nicht ein paar Probleme zu viel auf einmal?", fragte der Kommandant, zwar mit großer Bewunderung, aber doch mächtigen Zweifeln.
„Aber das kannst du doch nicht machen, die 302 Besatzungsmitglieder der „Apocalypsis" im Jahre 1431 auszusetzen, und dann auch noch ihr Schiff rauben", widersprach sein Vater, Professor Chronos.
„Ohne das Schiff und die moderne Technik darin wird die Besatzung von Beteigeuze im düsteren Frankreich des Mittelalters umkommen, denn sie fallen der Inquisition ja sofort durch ihre graue Gesichtsfarbe auf", protestierte er energisch.
„Dann haben sie keine Überlebenschance!"
„Selber schuld. Denn schließlich haben diese Wesen deine Zeitreiseformel geraubt. Sie sind also der Ursprung unseres Unglücks", verteidigte sich Demetrios forsch.
„Das stimmt nicht ganz, mein unwürdiger Bruder!", schnauzte ihn Aphrodite an.
„Immerhin haben die Formelräuber 1059 von unseren deutschen Landsleuten gerettet, indem sie sie in ihr Schiff aufnahmen, bevor die Erde unterging; vergiss das bitte nicht!", schimpfte sie.
„Ja, aber nicht, um sie eigentlich zu retten, sondern weil sie menschliche Exemplare zu Studienzwecken brauchten. Und mit diesen armen Menschen haben sie gleich ein

furchtbares Experiment gestartet, indem sie die Formel unseres Vaters rücksichtslos gleich auf die Probe stellten, und mit den 1059 skrupellos in eine ungewisse Vergangenheit gereist sind", schmetterte Demetrios die Kritik seiner Schwester ab.

„Und nun sieh´ nur, in was für Schwierigkeiten sie dort im Jahre 1431 geraten sind: Unsere Landsleute müssen nun notgedrungen mit Schwertern gegen die Fanatiker der Inquisition kämpfen, um Johanna von Orléons zu befreien", sagte er aufgebracht.

„Wenn das nicht ein rücksichtsloses Verhalten der Formelräuber ist…"

„Aber die Zeitreise in die Vergangenheit kann doch auch ein Unglück gewesen sein, Demi! Die Leute von Beteigeuze wussten doch offenbar nichts von dem Zufallsgenerator. Wahrscheinlich dachten sie, sie würden sich mit Papas Formel lediglich ganz schnell in die Heimat zurückversetzen, in die Weiten des Orion", argumentierte Aphrodite vehement den Einwand ihres Bruders beiseite.

„Ja, das ist richtig, im Jahre 1431 wollten sie freiwillig ganz bestimmt nicht landen!", rief auch Katz erregt aus.

„Aber die Formelräuber wissen ja offensichtlich nicht, dass wir ihnen auf der Spur sind, das müssen wir ausnutzen", sagte Demetrios entschlossen.

„Sie ahnen nicht, dass wir sie hier auf der „Aurora" im Bilde haben. Daher hätten wir das Überraschungsmoment auf unserer Seite, wenn wir jetzt schnell hinuntergingen und sie im Handstreich überwältigten. Denn diesen unschätzbaren Vorteil haben wir nun mal auf unserer Seite", bekräftigte er.

„Und wie wollen Sie das machen?", fragte der Kommandant.

„Indem wir uns wie die Besatzung der „Apocalypsis" kleiden und unsere Gesichter und Hände grau schminken", sagte Demetrios mit Begeisterung.

„Und dann mischen wir uns in kleinen Gruppen unter sie. Vergesst nicht: Die Beteigeuzeaner sehen uns ja anatomisch sehr ähnlich, bis auf ihre graue Gesichtsfarbe, das müssen wir ausnützen. Und dann, sind wir erst mal mit einer List ins Innere ihres Raumkreuzers gelangt, dann besetzen wir den Kommandostand, und los geht die Untersuchung ihres Zeitreisemechanismus", erklärte Demetrios burschikos.

„Wie wollen Sie so viele Besatzungsmitglieder gefahrlos in Ihre Gewalt bekommen?", fragte der Kommandant.

„Und dann müssen Sie ja noch das Sprachproblem bedenken: Sie verstehen die Sprache der Formelräuber nicht. Diese unterscheidet sich fundamental von unserer auf Aldebaran. Und unsere würden Sie ja übrigens auch nicht verstehen, wenn ich nicht den automatischen Sprachumwandler durch den Computer hätte einschalten lassen", wandte der Alien-Chef ein.

Demetrios drehte sich resolut zu dem Kommandanten um.

„Dann müssen Ihre Männer uns eben helfen bei der Eroberung des feindlichen Schiffes", forderte er forsch.

„Das ist unmöglich. Ich sagte Ihnen doch, wir haben einen Friedensvertrag mit den Beteigeuze-Leuten. Unsere Einmischung würde den Frieden wieder in Frage stellen und alles gefährden, was wir bereits erreicht haben", widersprach der Alien-Chef.

Das sah Demetrios dann auch ein.

„Alleine können wir kümmerlichen 31 Erdenmenschen aber nichts gegen das feindliche Raumschiff unternehmen. Wir müssen also auf das Überfallkommando verzichten", sagte er resigniert.

„Wäre es da nicht besser, mit unseren Konkurrenten um die Formel zusammenzuarbeiten?", fragte der Kommandant.

„Wie stellen Sie sich denn das vor?", fragte Professor Chronos.

„Indem wir uns offen zu erkennen geben, und den Leuten von Beteigeuze unsere Hilfe anbieten", erklärte der Kommandant der Aldebaraner.
„Das ist aber ein riskantes Manöver", sagte Katz skeptisch.
„Wieso? Wir haben doch gesehen, dass die Beteigeuze-Leute von humanitärer Hilfsbereitschaft erfüllt sind", sagte der oberste Aldebaraner.
„Denn anstatt egoistisch erst mal ihre eigenen Interessen durchzusetzen, und zum Beispiel erneut zu versuchen, mithilfe des Zufallsgenerators schnell in ein anderes, sichereres Jahrhundert mit der „Apocalypsis" abzutauchen, haben unsere Konkurrenten sich nicht um ihre geschichtliche Verantwortung herumgedrückt, sondern versuchen selbstlos, Ihre berühmte Heilige Johanna zu retten", sagte er sachlich und zeigte auf das Geschehen am Bildschirm.
„Und die gleiche, lobenswerte Aufopferungsbereitschaft und Nächstenliebe gilt schließlich auch für Ihre geretteten Landsleute von der zerstörten Erde, die ebenfalls in großer Zahl gegen das Unrecht der Inquisition kämpfen", sagte er und ergänzte: „Da, sehen Sie: Wieder kämpfen mindestens zehn Erdenmenschen gegen die religiösen Fanatiker, indem sie zu verhindern suchen, dass Johanna getötet wird", sagte der Aldebaraner vehement, und zeigte auf das Kampfgeschehen.
„Ja, wir sollten langsam mal zu einer Entscheidung kommen, was wir tun, denn lange können sich die vereinten Kämpfer von der Erde und Beteigeuze vielleicht nicht mehr halten", sagte Professor Chronos, „denn ich sehe dort im Hintergrund neue Heerscharen der Inquisition als Verstärkung gegen die Scheiterhaufen-Szene anrücken", sagte er alarmiert.
Was von allen Starrenden umgehend bestätigt wurde.

„Eben darum schlage ich vor, uns erst einmal durch Sprechkontakt direkt in das Jahr 1431 einzuschalten, um die

fanatischen Krieger zu erschrecken und dadurch in alle Richtungen zu zerstreuen", sagte der Aldebaraner-Chef entschlossen, drückte persönlich einen Knopf auf einer Konsole und reichte Aphrodite ein kleines Mikrofon.
„Geht das denn?", fragte Professor Chronos erstaunt.
„Ehrlich gesagt: Wir haben so etwas ja noch nie probieren können, weil wir nie eine gelungene Zeitreise miterlebt haben, aber jetzt ist es höchste Zeit, es einmal zu testen; direkte Kommunikation mit der Vergangenheit!", sprach der Captain.
„Denn so eine Chance bekommen wir vielleicht nie wieder!", legte er überzeugend dar.
„Schnell, Aphrodite: Bevor das Bild wieder flackert, und wir es vielleicht für immer verlieren!", ermunterte sie auch ihr Vater.
„Was soll ich denn damit?", fragte Aphrodite erstaunt und starrte auf das Mikrofon, das aus einem Material bestand, wie sie es noch nie zuvor gesehen hatte.
„Sprechen Sie bitte sofort etwas Kategorisches hinein, etwas mit Entschlossenheit und Leidenschaft! Denn Sie beherrschen von uns allen die französische Sprache am besten", sagte der Captain.
„Aber was soll ich denn sagen?", fragte Aphrodite überfordert.
„Täuschen Sie vor, eine höhere Macht zu sein, die der Inquisition die Stirn bietet, und ihr gebietet, Johanna sofort freizulassen, oder etwas Ähnliches! Wichtig dabei ist: Ihre Stimme muss eine herrische Klangfarbe annehmen, Sie dürfen nicht schwankend werden in Ihren Äußerungen, an Ihrer Botschaft zweifeln, zaudern oder stottern. Sonst ist alles verloren für die arme Johanna. Los, vorwärts!", gebot der Kommandant.
„In Ordnung, Captain. Ich werde mein Bestes tun!", versprach Aphrodite und umfasste leidenschaftlich entschlossen das kleine Mikro.

„Wenn Sie Erfolg haben, dann können die Beteigeuzeaner und Ihre Landsleute vielleicht schon in ein paar Minuten Johannas Fesseln lösen!", trug der Captain gehetzt nach.
„Und dann wird sie vor dem Feuertod gerettet!"
Und Aphrodite packte ihr bestes Französisch aus:

„Achtung, ihr Frevler, ihr gottlosen Sünder gegen das Menschengeschlecht da unten in diesem primitiven Jahrhundert! Hört auf meine Stimme, die aus einer anderen Welt zu euch dringt, um Euch Vernunft beizubringen, ihr Henkersknechte des Satans! Hier spricht Aphrodite vom Olymp, dem Wohnsitz der Götter, ich bin die Göttin der Weisheit: Lasset ab von Johanna, der heiligen Retterin Frankreichs, Franzosen! Stellt euch nicht gegen eure eigene, tapfere Heldin! Macht euch nicht zu willfährigen Vasallen der Engländer. Lasst euch nicht in eurem eigenen Lande zu Sklaven der englischen Invasoren erniedrigen! Das tapfere Mädchen hat kein Verbrechen begangen, ihr dagegen seid gerade dabei, eines der größten des Jahrhunderts zu begehen! Befreit Johanna von ihren Fesseln und huldigt ihr, in den Staub mit Euch, ihr Würmer, sonst wird euch der heilige Zorn all meiner Götterkollegen treffen und euch Meuchelmörder an Johannas Statt auf dem Scheiterhaufen verbrennen, den ihr für sie aufgeschichtet habt, mit euren blutigen Händen! Ich habe gesprochen! Hinweg mit euch, Ihr Ungläubigen!"
Der Captain zeigte ihr, wie sie die Verbindung kappen konnte.
„Sehr gut gesprochen, bravo, meine Tochter!", lobte ihr Vater, Professor Chronos, auch der Kommandant nickte Aphrodite anerkennend zu.
„Ich habe zwar nur die Hälfte verstanden, aber du warst einfach großartig", lobte auch ihr Freund Harry und umarmte sie.
Aphrodites Stimme klang volltönend und selbstsicher, in vielfach sich überlappendem Echo durch den Äther in die

Vergangenheit, und das Resultat zeigte sich bald: Sowohl die Gotteskrieger als auch die geretteten deutschen Erdenbürger blickten verblüfft in alle Richtungen, um den Ursprung der Stimme zu ergründen, die von überallher klang. Viele Geistliche flohen in Panik in alle Richtungen, viele andere knieten tatsächlich nieder und beteten.
„Oh, endlich: Meine Stimmen antworten mir wieder! Sie ergreifen Partei für mich – ich danke euch, ihr seltsamen Götter, dass ihr zu meiner Befreiung eilt", rief Johanna von Orleans voller Dankbarkeit und ihr Gesicht strahlte in alle Richtungen.
„Das zeigt mir doch, dass ich recht gehandelt habe, im Auftrage des himmlischen Herren, und nicht des Teufels!"
„Schaut! Die Leute von Beteigeuze nutzen tatsächlich die Gelegenheit der Verwirrung und befreien Johanna schon!", rief Aphrodite verzückt.
„Tatsächlich, und: Sie bringen sie in Sicherheit, das zwar schon, aber... Direkt hinein in die „Apocalypsis"!", sagte Demetrios aufgekratzt und mit offenem Mund.

Und man konnte direkt vom großen Panorama-Bildschirm der „Aurora" bezeugen, wie sich in dem mächtigen Raumkreuzer eine kleine Schiebetür öffnete und wenige Minuten später wieder schloss, nachdem alle im Inneren verschwunden waren. Beteigeuzeaner und Erdenmenschen. Mit Johanna!
Sofort gaben einige Geistliche der Inquisition ihre ehrfürchtige Andacht auf, und fingen an, auf das Schiff vor der Kathedrale mit ihren Schwertern einzuschlagen.
Es schwankte nicht einen Zoll, aber der Erdboden erzitterte. Schon aber richteten Soldaten und berittene Regimenter ihre primitiven Kanonen her und brachten sie auf ihren fahrbaren Lafetten mit Höchstgeschwindigkeit gegen die „Apocalypsis" in Stellung, da sprach Professor Chronos in höchster Erregung: „Meine Güte, sie werden das Schiff zusammenschießen, dann war alles vergebens!"

„Ach was, das hält es aus!", behauptete der Kommandant beherzt und starrte auch intensiv auf den Bildschirm.
„Aber wie lange?", fragte Katz verzweifelt.
Die einschlagenden Kanonenkugeln schallten mit einem schaurigen, metallischen Echo und hohlen Klängen von der Außenhaut des Schiffes zurück, noch blieb es aber heil.
„Das … das Schiff löst sich auf!", schrie Aphrodite.
„Wie damals bei unserem gekaperten Ornithopter!"
Tatsächlich! Die „Apocalypsis" wurde unsichtbar, in Zeitlupe.
Man sah die bisher teilweise verstellten Konturen der Kathedrale von Rouen nun vollständig durch das verschwindende, weiße Raumschiff. Nach 30 Sekunden war der Platz leer!
Die zeitgenössischen Gotteskrieger wichen entsetzt zurück, ließen die Schwerter fallen und bekreuzigten sich hastig und warfen sich demütig zu Boden.
„Sie … haben erneut den Zufallsgenerator betätigt! Haben sich in eine andere Zeitepoche versetzen lassen!", krächzte Aphrodite verzückt.
„Ja. Dieses Manöver funktioniert also doch ein zweites Mal, Leute!", sprach Harry Wohlleben verzückt in den Raum.
„Und wir sehen unsere 1059 von der Erde geretteten Landsleute vermutlich nie mehr wieder!", grölte Demetrios entsetzt.

„Navigator! Sofort neue Zeitepoche einer möglichen, erneuten Schiffslandung orten!", befahl der Captain mit barschem Befehl.
„Zu Befehl, Commander!".
Er machte sich an der Konsole zu schaffen, während das Bild von 1431 bestehen blieb.
Ratlos blickten die Zuschauer der Vergangenheit auf dem leeren Platz umher.

„Wahnsinn! Die Mannschaft der „Apocalypsis" hat Johanna einfach aus ihrer Zeit herausgenommen und in ein anderes Jahrhundert entführt!", sagte Aphrodite, verdattert über den Zeit-Anachronismus.
„Was sollten sie denn anderes machen?", fragte Harry Wohlleben verwundert.
„Sie konnten sie doch nicht im Jahre 1431 belassen, dann wäre sie auf jeden Fall als Ketzerin getötet worden!"
„Ja, aber wird sie den Transfer in eine womöglich technisch weit fortgeschrittene Zukunft psychisch und physisch verkraften?", fragte Aphrodite zweifelnd.
„Alles, was sie da zu sehen bekommen könnte an Raumfahrzeugen, Kraftwerken, Leuchtreklamen, Computern, sprechenden Robotern und Fernsehapparaten, muss sie ja ganz wirr im Kopf machen und ihr den Verstand rauben", meinte Aphrodite mitfühlend.
„Ach was, das alles kann man ihr ja behutsam erklären, sie ist ein ebenso mutiges, wie intelligentes Mädchen", meinte Professor Chronos abgeklärt.
„Ja, und als nächstes besucht Johanna von Orleans dann bald die Militärakademie der Zukunft; und schon bald darauf führt sie wieder ihren nächsten Feldzug im Jahre 3000 an: Als Befehlshaberin am Steuer eines Laserpanzers", quiekte Demetrios mit frivolem Unterton.
„Mit Kopfhörern, Kampfanzug, Maschinengewehr, Pistole und Pix-Pluster!"
„Mit Lasergewehr und aller ihr zu Gebote stehenden, militärischen Logistik mischt sie den ersten berühmten Cyber-Krieg der Geschichte auf..."
„Im Ersten Großen Galaktischen Krieg", fügte er feixend hinzu.
Viele Erdenmenschen lachten.
„Also bitte, ich finde das überhaupt nicht komisch!", fuhr Aphrodite vergrätzt dazwischen.
„Wieso denn nicht? Man muss sich Johannas strategisches Militär-Genie und ihre Kampferfahrung doch in allen

Zeitepochen zunutze machen!", beeilte sich der verrückte Ex-Anstaltsarzt zu verklickern, und klopfte Demetrios kumpelhaft auf die Schulter.
Dieser wehrte ihn jedoch lachend ab.
„Hey, ich brauche keinen Applaus von der falschen Seite!"
Die Erdenmenschen lachten wieder leise los.

Inzwischen war die raue und rohe Vergangenheit auf dem Panorama-Bildschirm verschwunden.
Die Epoche wurde vom Co-Navigator der „Aurora" abgeschaltet, denn man musste ja nun die neue suchen.
Der Navigator bemühte sich redlich an seiner Zeit-Konsole ab, die direkt mit der bordeigenen „Schwarzes-Loch-Zeitmaschine" verbunden war, indem er versuchte, ein neues Bild zu bekommen. Doch alles, was im Augenblick zu empfangen war, war ein einziger Wellensalat.
„Wo mögen sie diesmal gelandet sein?", fragte Miriam Chronos, von zitternder Spannung eingehüllt.
„Sie können durchaus auch in einer noch weitaus primitiveren Epoche als 1431 ankommen, vergessen Sie das bitte nicht, meine Herrschaften", ließ sich der Alien-Commander vernehmen.
„Zum Beispiel in der Steinzeit, bei Neandertaler-Typen!"
„Pah – dann machen sie sich eben schnell wieder in eine neue Zeit davon, jetzt, wo sie wissen, dass der Zufallsgenerator weitere Zeitreisen zulässt", sagte Demetrios ungerührt.

„Ich frage mich: Ob sie jetzt wissen, dass wir hinter ihnen her sind?", sagte Professor Chronos.
„Ja, möglich, denn jetzt sind sie ja nach Aphrodites geschichtsträchtiger Ansprache gewarnt", bemerkte Harry Wohlleben trocken.
„Ob die Besatzung der „Apocalypsis" ahnt, woher Aphrodites Stimme kam?"

„Sie wissen jetzt auf jeden Fall, dass es eine Frau von der Erde gewesen sein muss, die Französisch sprechen kann", meinte der Kommandant.

„Mehr wissen sie vermutlich nicht. Aber bestimmt ahnen sie schon, dass die „Aurora" nicht nur ihre Zeitreise-Koordinaten empfangen kann, sondern dass wir ihnen eventuell auch Menschen in die jeweilige Zeitepoche, in der sie landen, hinterherschicken können", sinnierte er versonnen.

„Dann werden sie wohl nie länger in einer Epoche bleiben, wenn die Leute von Beteigeuze gemerkt haben, dass wir ihre Zeitsprünge entdeckt haben", meinte Demetrios unsicher.

„Denn bevor wir uns jemals zu ihnen hinzugesellen können, in eine ihrer aktuellen Epochen, werden sie schnell wieder eine andere ansteuern", mutmaßte er laut.

„Aber wie lange werden sie das durchhalten?", fragte Professor Chronos.

„Ich bekomme gerade eine Meldung vom Computer", rief der Navigator mit eilfertiger Stimme.

„Sie sind im Jahr 2015 gelandet. Aber sie sind nicht mehr in Rouen", verkündete er freudestrahlend.

„Sondern?", fragte Aphrodite atemlos.

„In München, Deutschland".

„Hurrah, wenigstens bei uns zu Hause in München! Welch ein Zufall! Aber 2015?", fragte Aphrodite zweifelnd und zog die Stirn kraus.

„Welches Jahr 2015? Zukunft oder Vergangenheit?", fragte sie, blass im Gesicht.

„Im Jahre 2015 n. Chr., sagt der Computer", präzisierte der freundliche Navigator.

„Was bedeutet der Nachsatz, n. Chr.?"

„Das erkläre ich Ihnen ein anderes Mal, wenn wir mehr Zeit zur Verfügung haben. Das Jahr 2015 ist unsere ferne Vergangenheit, aber schon einigermaßen zivilisiert", meinte Aphrodite etwas entgeistert.

„Wir bekommen auch ein Bild!", rief der Navigator.
„Sehen Sie!"
Nach einigen Fluktuationen materialisierte sich der Englische Garten von München. Die „Apocalypsis" stand direkt neben dem Chinesischen Turm.
Menschentrauben von neugierigen Parkbesuchern standen um den ganzen Raumgleiter herum verstreut und gafften.
„Ach du meine Güte, das Raumschiff ist jetzt schon von einem Schwarm Polizisten umstellt", sagte Harry verstimmt, der diesen Umstand gerade entdeckt hatte.
„Tatsächlich. Dann wird die ganze Besatzung gleich wieder in einer anderen Zeit verschwunden sein", sagte Professor Chronos enttäuscht.
„Wie konnte die Polizei-Einheit so schnell im Englischen Garten sein?", fragte Katz verwundert.
„Vielleicht war sie durch reinen Zufall anwesend?", wagte Demetrios die Vermutung.
„Oh, die Polizisten versuchen bereits, den Eingang des fremden Flugkörpers aufzubrechen", sagte Miriam erregt.
„Mit primitiven Werkzeugen".
Nun vernahm man auch den Ton zum Bild.

Die Polizei-Einheit forderte die Insassen des Raumschiffs mit den merkwürdig senkrecht nach oben abstehenden Flügeln auf, herauszukommen, die Raumfähre zu verlassen, wie alle am Bildschirm der „Aurora" Gaffenden mithören konnten.
Gebannt starrte wieder jedermann auf den Panorama-Schirm.
„Ob das ein neues, geheimes Raumschiff der Russen ist?", fragte der Münchner Einsatzleiter der Polizei seine Mannschaftskollegen.
„Könnte schon sein. Hoffentlich haben sie keine Atombombe an Bord!", sagte ein Sprengstoffexperte besorgt.

„Zurückbleiben, bitte, meine Damen und Herren! Gleich kann das hier alles in die Luft fliegen: Denn es ist zu befürchten, dass dieses ganze, merkwürdige Fahrzeug allein schon für sich genommen, eine einzige, große Bombe von immenser Vernichtungskraft ist!", ergänzte der Sprengstoffexperte erregt durch laute Warnrufe an die unvernünftigen Zuschauermengen, die statt zurückzuweichen, in immer größeren Scharen zum Raumgleiter drängten.

„Ich glaube, Wladimir Putin macht langsam ernst!", sagte ein Polizist.

„Ja, wahrscheinlich hat er uns dieses Trojanische Pferd als Warnung hierhergeschickt", meinte ein Parkbesucher fatalistisch.

„Wahnsinn, was die Russen für neue Vernichtungswaffen haben!", rief ein Zuschauer.

Wie das komische Gefährt überhaupt in den Park gekommen wäre, ohne dass dies jemand bemerkt hätte, fragten sich zahlreiche Neuankömmlinge immer wieder.

Offenbar hatte keiner bemerkt, wie es aus dem Nichts aufgetaucht war.

Zum großen Glück, dachten sich die unsichtbaren Beobachter vor dem Bildschirm der „Aurora".

„Die Menschen des beginnenden einundzwanzigsten Jahrhunderts halten die Raumfähre für ein russisches Fahrzeug, das ist ja ulkig!", rief Aphrodite kichernd aus.

„Keiner kommt auf die Idee, dass es ein außerirdisches Raumfahrzeug sein könnte; merkwürdig!", sagte Demetrios versonnen.

„Und wer mag dieser Wladimir Putin sein?", fragte Harry Wohlleben in die Runde hinein.

„Vermutlich der damalige, russische Staatschef, ein kommunistischer Apparatschik", sagte Professor Chronos seufzend.

„Denn damals standen die Deutschen vermutlich noch in einem kalten Krieg mit den sowjetischen Kommunisten; vielleicht herrschte im Jahre 2015 aber auch längst schon wieder ein heißer Krieg zwischen den westlichen Demokratien und den kommunistischen Staaten des sogenannten Ostblocks. Ich weiß es im Augenblick auch nicht so genau, meine Geschichtskenntnisse zu dieser Zeitepoche sind lückenhaft … Es ist ja alles auch schon weit über 6000 Jahre her", ergänzte der Professor erschöpft, und betupfte mit einem Taschentuch seine feuchte Stirn.
„Die Hypothese mit dem Krieg zwischen Deutschland und Russland könnte zutreffen", meinte Harry Wohlleben.
„Daher auch die Angst der Deutschen vor der vermeintlichen Riesenbombe in dem Beteigeuze-Kreuzer im Englischen Garten in München".
„Ihr meint: Deutschland im Jahre 2015 befindet sich im Krieg mit Russland?", fragte Aphrodite schaudernd.
„Wir sind schon dabei, unseren Computer über diese Zeitepoche zu befragen", deutete der Kommandant der „Aurora" an.
Da meldete sich schon der Navigator zu Wort.
„Kein Krieg zwischen Deutschland und Russland im Jahre 2015!", verkündete er erleichtert.
Alle atmeten auf.
„Allerdings herrschten gerade kriegerische Auseinandersetzungen zwischen Russland und der Ukraine, dem Nachbarstaat von Russland", ergänzte der Navigator.
„Und die Sowjetunion existierte zu diesem Zeitpunkt bereits nicht mehr, sie ist aufgelöst, der Kommunismus abgeschafft", erläuterte der Navigator.
„Wieso herrscht dann ein Krieg zwischen Russland und der Ukraine? Merkwürdig", befand Aphrodite.
„Weil Russland die Krim annektiert hat, die ukrainische Halbinsel im Schwarzen Meer; die gehört jetzt zu Russland, nicht mehr zur Ukraine", las der Navigator aus seinem Computer vor.

„Oh, daher also die Angst der Deutschen vor diesem Wladimir Putin", sagte Professor Chronos mit einiger Bestürzung.
„Offensichtlich halten sie zur Ukraine, und das nimmt ihnen Putin offenbar übel", ergänzte er seine Mutmaßung.
„Aber ist es nicht seltsam, dass sich das Schiff die Belagerung so lange gefallen lässt?", fragte Harry Wohlleben verwundert.
„Es ist immer noch nicht verschwunden!"
„Ja, wieso betätigen sie nicht erneut den Zufallsgenerator und wählen eine neue Zeitepoche aus? Eine, in der sie ungestört sind und noch nicht von den Bewohnern entdeckt worden sind?", fragte Demetrios.
„Vielleicht ein technischer Defekt im Raum-Zeit-Mechanismus?", fragte Katz.

„Achtung, es tut sich was Neues!", kreischte Aphrodite plötzlich und zeigte fahrig auf den Bildschirm.
Alle folgten begierig ihrem Zeigefinger.
Und tatsächlich verbreitete sich nun eine lebhafte Action rund um das Riesenfahrzeug: Den Polizisten war es doch tatsächlich gelungen, eine Schleuse des Raumschiffes zu öffnen und die ersten Insassen herauszuholen.
Sie leisteten kurioserweise keinen Widerstand. Erst kamen die entführten Erdenmenschen von 8498 heraus, denn die 302 Einwohner des Sternensystems Beteigeuze hielten sich wegen ihrer grauen Gesichtsfarbe begreiflicherweise zurück.
Dieser Gedankengang ging auch den Schwarzsehern auf der „Aurora" durch den Kopf.
„Aha, ich verstehe: Ehe unsere Landsleute alle ausgestiegen sind, hoffen die Leute von der „Apocalypsis" inzwischen, ihre Zeitmaschine an Bord wieder flott machen zu können, damit sie schnell wieder aus dem Jahr 2015 verduften können", sagte Aphrodite hellsichtig.

„Oje, wollen die Polizisten jetzt alle 1059 Deutschen verhaften und aus dem Schiff holen? Das kann aber lange dauern", meinte Demetrios.
„Umso mehr Zeit hat die Besatzung, sich eine Fluchtmöglichkeit auszudenken", meinte Aphrodite.

„Sollten wir nicht die günstige Gelegenheit nutzen, dass sich die ganze Geschichte zufälligerweise in unserer Heimatstadt München abspielt, und gleich für immer im Jahre 2015 bleiben?", fragte Demetrios seine Schwester.
Da schrak sie leicht zusammen.
„Uns dauerhaft ansiedeln in unserer fernen Vergangenheit, meinst du?", fragte Aphrodite erschrocken.
„Bei dir tickt es wohl nicht richtig!"
„Ja, warum denn eigentlich nicht? 2015 ist doch schon ein sehr zivilisiertes Jahr. Zumindest in Deutschland. So eine Gelegenheit bekommen wir bestimmt so schnell nicht wieder geboten, dass sich der Zufallsgenerator der Formelräuber demnächst wieder mal in eine halbwegs annehmbare Zeitepoche verirrt, wo wir in Sicherheit leben könnten", gab Demetrios zu bedenken.
„Aber wir wären dann weit über 6000 Jahre von unserem eigenen Jahr entfernt, in einer Epoche der Erde, die noch nicht einmal interstellare Raumflüge kennt", wehrte sich Aphrodite gegen die Argumentation ihres Bruders.
„Und sie haben dort keine Haushaltsroboter, die einen bedienen", klagte Aphrodite bitter.
„Na so was, ausgerechnet du musst über den Wegfall dieser „Blechfuzzis" klagen, wie du sie doch vor Kurzem noch so verächtlich genannt hast", sagte ihre Mutter lachend.
„Oder erinnerst du dich etwa nicht mehr daran, wie der kleine Robbie dich in unserem Wohnturm mit seinen allzu menschlichen Allüren auf die Palme gebracht hat?", fragte Miriam schelmisch.
Aphrodite rümpfte verstimmt die Nase.

„Ja, schon ... aber... Aber im Jahre 2015 sollen wir uns niederlassen?", fragte sie noch einmal mit ungutem Gefühl.
„Gerade den Mond haben sie dort so eben mal erreicht, aber noch keine einzige Mars-Kolonie gegründet", meckerte sie weiter.
„Wir könnten dann nur Urlaub auf der Erde machen, wären auf ihr gefangen!"
„Na und? Dafür bleibt uns bis zur Meteor-Weltkatastrophe noch eine Lebensfrist von weit über 6000 Jahren auf unserer guten, alten Erde. Für uns und unsere Kinder", verteidigte Demetrios seine Wahlmöglichkeit.

„Und wir wissen dann immerhin, was uns ab dem Jahr 2015 in Zukunft erwartet. Der Geschichtscomputer kann uns Aufschluss über den weiteren Fortgang der Weltgeschichte geben. Dagegen leben wir im Ungewissen über unser weiteres, mögliches Leben im Sternensystem Aldebaran unserer großzügigen Gastgeber hier, wenn wir uns dafür entscheiden sollten", sagte Demetrios mit einem dankbaren, aber doch auch gleichzeitig schrägen Blick auf den Kommandanten der „Aurora", der übrigens Urzugoi Glubschovutt heiße, wie er endlich mitteilte, und liebenswürdig lächelte.
„Bitte verstehen Sie mich nicht falsch: Wir wissen Ihr großzügiges Angebot auf dauerhafte Planeten-Beherbergung wirklich zu schätzen, lieber Herr Glubschovutt, doch Aphrodite wird wahrscheinlich auch bald der Meinung sein, ein Leben unter Menschen in der „primitiven" Vergangenheit sei dann doch einem Leben unter einer Käseglocke auf Aldebaran vorzuziehen.
Einer Art Weltraumzoo, mit nur uns 31 überlebenden Erdenbewohnern. Auch wenn wir dann unser Leben auf einem Planeten unserer Wahl frei gestalten können", führte Demetrios aus.
„Ich wollte Sie mit dieser Argumentation keinesfalls beleidigen, Herr Kommandant, bitte glauben Sie mir",

versicherte Demetrios ihm, „denn schließlich haben Sie uns in letzter Sekunde vor einem schrecklichen Tod auf unserem zerstörten Planeten bewahrt, Herr Glubschovutt."

Der liebenswürdige Alien-Chef war keinesfalls gekränkt von Demetrios´ Tirade.
„Aber ich bitte Sie, meine Damen und Herren! Ich habe vollstes Verständnis dafür, dass Sie lieber unter Ihresgleichen weiterleben wollen. Ich halte das sogar für eine viel bessere Lösung, wenn nicht sogar für die ideale Lösung. Zumal sie sich jetzt günstigerweise auch ganz leicht bewerkstelligen lässt: Denn ich sagte Ihnen ja schon, dass wir Sie 31 Personen jeweils zu den Koordinaten hinschicken können, welche die gegenwärtig angepeilte Zeitzone der „Apocalypsis" bezeichnen; allerdings nur zu diesen! Das heißt: Gegenwärtig haben Sie nur die Möglichkeit, in dieses Jahr 2015 zu reisen, genaugenommen, jetzt, zum 15. Februar 2015", wiederholte der Kommandant noch einmal.
„Ich würde es wagen wollen", sagte Professor Chronos voller Anspannung.
„Denn ich wäre mit meiner Wissenschaft den Physikern von 2015 weit voraus".
„Das ist ein unschätzbarer Vorteil für uns alle!"
Alle anderen Erdenbewohner blickten sich unschlüssig und ratlos an.

Viel später, nach hitzigen Debatten an Bord der „Aurora", machte sich Aphrodite mit einem überraschten Kehllaut bemerkbar, und zog die Aufmerksamkeit aller auf sich:
„Da, schaut: Inzwischen kommen auch schon die Leute von Beteigeuze aus dem Raumschiff, die mit der grauen Gesichtsfarbe, nicht zu fassen!"
„Tatsächlich! Und das Raumschiff entschließt sich immer noch nicht, in eine andere Zeit zu entfliehen! Warum bloß nicht?", fragte sich Harry Wohlleben.

„Weil das vermutlich nicht mehr funktioniert, oder ihre Energiereserven sind für den Augenblick verbraucht, wer weiß?", vermutete Professor Chronos erschöpft.
„Oder aber: Vielleicht können sie den Zeitmechanismus erst nach einigen Stunden wieder in Betrieb setzen?"
„Genau. Und das wird ihnen dann zum Verhängnis. Denn dann wird es zu spät dafür sein, in eine andere Zeit abzuhauen, weil alle Besatzungsmitglieder später längst von der Polizei verhaftet sein werden", sagte Demetrios.

„Aber dann ist die „Apocalypsis" wenigstens menschenleer, und wir können ungestört in sie eindringen, um den Zeitreisemechanismus zu studieren", sagte Urzugoi Glubschovutt mit lebhaftem Interesse unter flinkem Gewedel seiner Klauenhände.
„Keine lästige Besatzung mehr, die erst kampfunfähig gemacht werden muss, wobei es Tote und Verletzte geben könnte! Oder im günstigsten Fall müssten die Besatzungsmitglieder mühsam bewacht werden: Wir haben dann freie Bahn an Bord, können uns zu den Koordinaten ins Innere versetzen lassen, ohne gesehen zu werden! Selbst wenn die Münchner Polizei tausend Wachen draußen vor dem Schiff zurücklässt! Wir erscheinen dann wie Gespenster an Bord. Das ist vielleicht eine einmalige Chance, in das leere Raumschiff einzudringen, eine Chance, wie sie sich vielleicht nie wieder bietet!", ereiferte sich Kommandant Glubschovutt.
„Und dann forschen wir in aller Ruhe, wie sich Professor Chronos´ Zeitreiseformel mit der Computertechnik der „Apocalypsis" weitergehend verträgt. Warum sich die Formel im Augenblick nur in die fremde Elektronik von Beteigeuze integrieren lässt, und angeblich nicht in die unsrige! Aber auf alle Fälle können einige von uns dann einen weiteren Zeitsprung mithilfe der erbeuteten „Apocalypsis" probieren. Mal sehen, wo wir dann landen", sagte der Commander elektrisiert.

„Dort in der neuen Zeit, wo uns keiner kennt, und dementsprechend auch nicht verfolgt, können wir dann eventuell in Ruhe die fremde Bordtechnik studieren".
„Ja, das wäre eine intelligente Möglichkeit!", stimmte Professor Chronos voller Eifer zu.
„Und wenn Ihre Testleute dann mit dem fremden Schiff zum Beispiel im Jahre 5000 nach Christus landen, vielleicht können wir Zurückgebliebenen die Testpersonen dann mit der „Aurora" wieder orten, und uns Verbliebene hier an Bord wieder zu den neuen Koordinaten hinterherschicken? Was für ein fantastisches Abenteuer das wäre!", rief Professor Chronos voll glühender Begeisterung und klatschte in die Hände.
„Ihre „Aurora" müssten wir dadurch zwar preisgeben, weil wir sie im Falle eines gelungenen Zeitsprunges verlören, doch dann hätten wir auf jeden Fall mit der „Apocalypsis" ein gut funktionierendes Zeitreiseschiff in einer anderen Epoche zur Verfügung, eben vielleicht im Jahre 5000", fachsimpelte Chronos mit großer Begeisterung.
„Und dann sehen wir weiter, ob wir den Zeitreisemechanismus nicht doch noch so modifizieren können, dass wir künftig in jedem Zeitreisejahr unserer Wahl ankommen können. Dazu müsste es uns jedoch, wie wir ja schon vor ein paar Tagen besprochen haben, gelingen, den Zufallsgenerator der „Apocalypsis" auszuschalten", erläuterte er manisch fantasierend.
„Und dann könnten auch Sie, Herr Kommandant Glubschovutt, in Sekundenschnelle mitsamt Ihrer Besatzung, in Ihre gegenwärtige Zeit, ins Sternensystem Aldebaran zurückkreisen", beendete der aufgekratzte Professor seine Tirade.

„Das würde aber auch nach sich ziehen, dass wir die 302 Wesen von Beteigeuze und unsere 1059 deutschen Landsleute, die sich jetzt im Gewahrsam der Polizei von München im Jahre 2015 befinden, dort zurücklassen müssten, wenn wir uns mit deren Schiff auf Nimmerwiedersehen auflösen in eine ungewisse Zeit", gab Aphrodite zu bedenken.

„Ach was, die holen wir später zu uns nach, in unsere neue, endgültige Zeitepoche, wenn wir eine endgültige Kontrolle über das Zeitreisen erlangt haben", flötete Professor Chronos leichthin.
„Ja, wenn…", piepste Aphrodite skeptisch.
„Das ist doch noch keinesfalls sicher, dass uns das alles je gelingt", tadelte auch Katz.
Er baute sich ungehalten vor seinem Forscherkollegen, Professor Chronos auf.
„Aber sagten Sie nicht eben auch, Professor, dass Sie es wagen würden, lieber für immer im Jahre 2015 in München zu leben?"
Chronos sah sich unschlüssig um.
„Ja, das ist an und für sich schon richtig; doch bei den fantastischen Möglichkeiten, die sich für uns böten, würden wir den Plan des Kommandanten befolgen: Da sage ich mir doch schon lieber, dass es vielleicht besser wäre, wie vorgesehen mit der „Apocalypsis" in ein anderes Jahr zu flüchten, das vielleicht doch etwas näher an unserem erloschenen Heimatjahr 8498 liegt. Eben vielleicht eine mögliche Epoche um das Jahr 5000. Und wenn die freiwilligen Testleute von unseren aldebaranischen Freunden hier zufällig in solch eine Epoche geraten sollten, dann wäre ich doch ganz gern bereit, für immer in solch einer Epoche, die um das Jahr 5000 liegt, zu leben, wo es immerhin schon viel größeren Fortschritt gibt als 2015", gestand der Professor kleinlaut.
„Denn ich habe mir gerade Folgendes überlegt: Wir alle haben vergessen, dass der medizinische Fortschritt des Jahres 2015 in Deutschland noch ganz gewaltig hinter unserem Jahr 8498 hinterherhinkt. Denn ich bin schon 160 Jahre alt, bin es aber nur geworden in unserer Zeit. Und

selbst da war ich todkrank, bin nur genesen dank der Medizin unserer gewaltig überlegenen Freunde, der Aldebaraner. Lasse ich mich aber jetzt dauerhaft auf der Erde des Jahres 2015 nieder, dann werde ich nur noch sehr kurze Zeit zu leben haben, fürchte ich. Denn dann wird meine Krankheit vom Jahre 8498 wieder ausbrechen, und 2015 gibt es noch lange Zeit kein Heilmittel dagegen!", schleuderte der Professor mit lebhaften Gesten heraus.
„Und die Altersfrage gilt natürlich auch für uns alle, auch für dich, meine liebe Aphrodite!", sprach der Professor schicksalhaft, und drehte sich hastig nach seiner Tochter um.
„Was ... Was meinst du damit, Paps?", fragte sie nervös, und zappelte vor Ungeduld.

„Na, überleg´ doch mal, mein Kind: Betrachte nur mal deine zarte, jugendfrische Pfirsichhaut. Und deine für unsere Begriffe zarte Elfengestalt. Und dabei bist du schon siebzig Jahre alt! Das aber trifft nur in unserer gesunden, keimfreien Atmosphäre des Jahres 8498 zu. Nach unserer alten Zeitrechnung bist du fast noch ein junges Mädchen. Bleibst du jedoch für immer im Jahre 2015, dann bist du dort deinem wahren Alter nach schon eine alte Frau, und wirst auch bald so aussehen, denn die durchschnittliche Lebenserwartung der Menschen damals betrug nur so um die 83 Jahre für Frauen! Für Männer sogar viel weniger. Bleibst du also permanent im Jahre 2015, dann fürchte ich: In kurzer Zeit büßt du wahrscheinlich deine gewonnene Lebenserwartung aus der Zukunft wieder ein und schrumpelst schon nach ein paar Tagen zu einer alten Hexe, und deine knackige Frische von jetzt wäre für immer dahin! – Denn jetzt siehst du für unsere Verhältnisse noch aus wie ein Teenager mit 20, aber wahrscheinlich bleibst du es nicht lange!", sagte er mit großem Bedauern in der Stimme.
„Denn unser Metabolismus aus der fernen Zukunft passt sich wahrscheinlich recht bald den ungesunden

Lebensbedingungen der Erdenzeit von 2015 an, wo noch große Umweltverschmutzung und Umweltzerstörung an der Tagesordnung waren! Samt vergifteter Luft und verseuchter Meere! Das heißt: Ein Bad im Ganges im Jahre 2015 zum Beispiel könnte dich auf einen Schlag leicht rund 5O Lebensjahre kosten", stellte er seiner Tochter drohend in Aussicht.

„Das wäre ein umgekehrter Jungbrunnen, Aphrodittchen: Jung steigst du ins Wasser, alt und zerknittert kommst du wieder heraus!"

Mit großer Bestürzung befühlte Aphrodite gleich probeweise schon einmal bebend ihre nackten Arme, und sah dann zitternd an ihren makellosen, nackten Beinen herab, und dann endlich entfuhr ihr ein markerschütternder Schrei der nackten Wehmut: „Neiiiiiin! Das will ich ... auf keinen Fall!!!"

„Du ... meinst?", druckste sie herum.

„Genau das!", schmetterte Professor Chronos gnadenlos heraus.

„Außerdem Folgendes: Im Jahre 2015 lebst du folglich vielleicht nur noch 30 Jahre, vielleicht weniger, weil dein zukunftsverwöhnter, geschwächter Körper in Windeseile zu einem menschlichen Wrack zusammenschnurrt; du glichest über Nacht vielleicht einer Mumie, und deine inneren Organe altern rasant", warnte er.

„Gesetzt den Fall, mein Gesicht sieht bald aus wie ein Faltengebirge", sagte Aphrodite entsetzt, „und ... wenn wir dann aber, zum Beispiel nach einem einjährigen Aufenthalt im Jahre 2015, also dann im Februar 2016, nach deren Zeitrechnung, uns ungefähr wieder ins Jahr 8000, also beinahe in unsere Zeitepoche, versetzen ließen: Könnte sich dann dort meine faltige Haut eventuell nicht doch wieder straffen lassen? Ich also wieder knackig werden wie früher in meinem Heimatjahr?", fragte sie hoffnungsvoll mit diesem Geistesblitz.

„Aber wie sollte das denn funktionieren?", fragte Chronos verwundert.
„Indem ich zum Beispiel wieder die Medizin, die Schminke und vor allem die fantastisch fortgeschrittene Verjüngungs-Chirurgie unserer Zeit in Anspruch nehme?"
Professor Chronos schnappte nach Luft und schien angestrengt zu überlegen.
„Meine Güte, Aphrodittchen! Gut gedacht, bravo! – Es wäre möglich, aber ich würde nicht darauf wetten ... Ich an deiner Stelle würde so was lieber nicht riskieren!", riet er dringend.

„Wir werden zu dieser höchst lebenswichtigen Frage sofort unseren Quanten-Computer befragen!", sagte der Kommandant der „Aurora" entschlossen und stürzte zu seinem Navigator hin.
„Navigator!", sagte er nur, und dieser verstand im Bruchteil einer Sekunde und gehorchte blitzartig.
„Verstanden, mein Kommandant!"
Er salutierte kurz und schon klemmte er sich eifrig und hektisch hinter seine Konsole.
Alle warteten gespannt. Keiner achtete mehr auf den Panoramabildschirm, auf dem sich allerdings gerade aufsehenerregendes Neues zutrug.

„Und dann gibt es da noch ein gravierendes Problem, das mir gerade einfällt, mit dem wir uns im Falle eines Daueraufenthaltes im Jahre 2015 herumschlagen müssten, selbst, wenn wir nicht rapide nachaltern", sagte Harry Wohlleben und stutzte.
„Welches denn, Liebling?", fragte Aphrodite erschrocken.
„Unsere gewaltige Größe", sagte er ermattet.
„Die enorme Körpergröße unserer höchst fortschrittlichen Generation von 8498 stünde in krassem Gegensatz zu jener der Menschen im Jahre 2015, die nur um die 1,80 m groß wurden. Die damalige Generation maß selten mal 1 Meter

90. ... Habt ihr das schon mal bedacht?", fragte Harry und sah seine Freundin schmunzelnd an, indem er sie mit verhaltenen Blicken skeptisch von Kopf bis Fuß betrachtete.

„Oh, das habe ich ja auch gar nicht bedacht; Mensch, Harry, wenn wir dich nicht hätten", sagte sie dann aber gleich wieder mit einem neuen, gedanklichen Befreiungsschlag, und lachte schon wieder.

„Dann laufe ich im Jahre 2015 halt vorzugsweise barfuß herum, solange es nicht zu kalt wird, mein Liebling", sagte Aphrodite und kicherte scheinbar unbekümmert das Problem weg.

„Das immerhin ist eins meiner großen Talente, da habe ich reichlich Erfahrung", witzelte sie.

„Und wenn mich die Leute deswegen hochnehmen und verspotten, dann deklariere ich einfach öffentlich überall auf Münchens Straßen das Barfußlaufen für den Sommer 2015 zum neuen, bewusst trashigen Schuhmode-Trend für hippe, junge Mädchen."

Doch Harry schüttelte lachend den Kopf.

„Ich fürchte: Diese Abhilfe-Maßnahme wird nicht ausreichen, meine kleine, pardon: Große Lady Gaga", erwiderte Harry Wohlleben mit schrägem Seitenblick auf seine riesige Freundin.

„Denn: Selbst ohne deine Schuhe bist du schon gut und gern 2 Meter 20 groß, meine kleine Lady Barfuß", sagte er lachend, „und dabei bist du sogar noch die Kleinste von uns allen", gab er zu bedenken.

„Und da falle ich mit meinen 2 Meter 40 doch erst ganz besonders auf! Selbst dein Vater ist weit über zwei Meter groß; dein Bruder Demetrios sogar 2 Meter 50! Wir alle gelten also im Jahre 2015 als Riesen, Schauobjekte für den Zirkus, und würden permanent angestarrt werden, wohin wir auch gehen. Wir würden uns auf Schritt und Tritt unbehaglich fühlen, weil alle auch durch unsere Unsicherheit spüren, dass etwas nicht mit uns stimmt.

Wenn es dann natürlich auch etwas ganz anderes ist, das nicht mit uns stimmt. Das kann ganz schön schnell schlauchen, glaube mir, Affenrohdittchen", scherzte sich Harry die Lage zurecht.

„Großer Gott!", platzte aus ihr die Erkenntnis heraus, und sie schlug die Hände über dem Kopf zusammen.
„Meine Güte, Harry, du hast recht!", rief auch Miriam betreten aus und lächelte verhalten.
„Und im Mittelalter, wo die Menschen noch kleiner wurden, können wir uns dadurch nie sehen lassen", sagte Demetrios verblüfft.
„Höchstens für ein paar Stunden mit garantierter, jederzeitiger Rückkehr-Garantie", modifizierte Harry Wohlleben.
Der Navigator sagte nach einer Weile: „Der Computer teilt uns mit: In unserer Welt, im Sternensystem Aldebaran, auf dem schon diskutierten künstlichen Planeten Ihrer Wahl, wäre Ihre Lebenserwartung sogar noch zehnmal größer als in Ihrer erloschenen Zeit des Jahres 8498. Sie 31 würden also alle sehr langsam altern, noch viel langsamer, als Sie es aus Ihrer alten Zeitepoche gewohnt sind. Allerdings hat der Computer auch herausgefunden, dass Sie, verblieben Sie tatsächlich für immer im Jahre 2015, dann schon nach Ablauf zweier irdischer Tage dort tatsächlich rapide „nachzualtern" anfingen, und Ihre Lebenszeit wäre wahrscheinlich sehr begrenzt. Es ist tatsächlich so, wie Professor Chronos vermutet hat. Das „Nachaltern" beginnt schon nach 48 Stunden! Es ist also für Sie nie ratsam, sich in einer weit entfernten Epoche aus Ihrer eigenen Vergangenheit dauerhaft niederzulassen, lieber in einer Ihrer eigenen Zukunft, also vom Jahre 8498 aufwärts. Am besten für Sie ist es also tatsächlich, Sie reisen sofort mit uns zurück in unsere Heimat, ins Sternensystem Aldebaran, wo Sie vermutlich noch an die fünfhundert Jahre knackig

frisch bleiben, liebe Aphrodite", wandte der Navigator sich jetzt besonders ihr zu.
Als Aphrodite das hörte, jauchzte sie vor Entzücken.
„Denn je ferner die Zukunft ist, die Sie als Lebensepoche auswählen, desto rasanter steigt Ihre Lebenserwartung, meine Freunde, weil dort entwicklungsgeschichtlich normalerweise natürlich auch der medizinische Fortschritt am größten ist!", ereiferte sich der Navigator.
„Normalerweise?", fragte Katz bedrückt.
„Ja, Sie wissen doch, dass nach einer Weltkatastrophe wie bei Ihnen im Jahre 8498 die Luft Jahrtausende vergiftet sein kann, und dann fällt vielleicht auch der medizinische Fortschritt gewaltig zurück. Weil die Menschheit wieder vertiert, ihr jegliches Bewusstsein für Kultur und Fortschritt abhanden kommt. Vielleicht verlernt sie sogar wieder das Lesen und Schreiben. Dann müssen sich die Menschen erst wieder langsam die Stufen zu einem höheren Bewusstsein emporarbeiten, erneut Nächstenliebe lernen und Verantwortung für die Gesellschaft zu übernehmen, die völlig zerfallen ist, weil sich alle sozialen Strukturen aufgelöst haben. Das kann sehr lange dauern: wenn solch eine Gesellschaft sich überhaupt je wieder regeneriert! Man muss also aufpassen, welche Epoche man ansteuert…"

„Das würde ja aber auch implizieren … Dass unsere 1059 von den Beteigeuze-Leuten geretteten Landsleute aus unserer Zeitepoche, dem Jahr 8498, die jetzt gerade dort im Jahr 2015 von der Münchner Polizei aus der „Apocalypsis" heraus verhaftet worden sind, innerhalb weniger Stunden auch rapide zu altern anfingen, wenn man sie dort länger als zwei Tage festhält, oh, welche Tragödie! Sie wissen gar nichts davon! Man muss sie warnen, Ihnen helfen, zu uns zu stoßen!", stöhnte Professor Chronos.
„Ja, das ist ja so wahr - wir müssen also sofort handeln!", rief auch Aphrodite alarmiert.

„Dann doch lieber unsere 1059 Landsleute zu uns auf die „Aurora" holen, oder ihnen raten, mit dem Schiff der Formelräuber, das sie und die Beteigeuzeaner unbedingt wieder in ihre Gewalt bekommen müssen, schnell normal auf herkömmliche Art in ihr Sternensystem Beteigeuze im Orion zurückzufliegen, um nicht vorzeitig zu altern, und dadurch unbrauchbar zu werden für die Lebensanforderungen jeglicher Zeitepochen", schnarrte Aphrodite aufgeregt.

„Ja: Wir könnten die 1059 Leutchen dort im System Aldebaran für unsere Partnerwahl bei der Neu-Population des Planeten selber gut gebrauchen, denn wenn wir 31 Überbleibsel von 8498 uns nur aus uns selbst heraus vermehren sollen, dann haben wir ja nicht sehr große Auswahl, wie wir schon festgestellt haben, aber das könnte sich vielleicht ändern, wenn wir unsere Landsleute aus den Fängen der Polizei von 2015 befreien könnten", sagte Harry Wohlleben voll von utopischer Freude.
„Mensch, Liebling! Du hast recht! Daran habe ich ja noch gar nicht gedacht! Das ist ein toller Plan!"
Aphrodite wirbelte herum zu Kommandant Glubschovutt.
„Ließe sich das nicht irgendwie bewerkstelligen, die 1059 zu uns zu bringen? Dann haben wir auf Ihrem Planeten nicht nur eine fantastisch hohe Lebenserwartung! Wenn wir dann überdies auch noch immerhin 1090 Menschen sind, die sich untereinander neue Lebenspartner suchen können, um ein neues Volk zu gründen - Das wäre ein doppelter Erfolg!"

„Nein, wir können sie mit großer Wahrscheinlichkeit nicht zu uns aufs Schiff hieven, wir können nur zu ihnen in die Zeit zurückkreisen, mit unserer „Schwarzes-Loch-Zeitmaschine"", erklärte der Kommandant zum wiederholten Male.
„Aber was nützt uns das?"

„Wir müssten dann mit Gewalt all Ihre vielen Landsleute wieder zurück in die „Apocalypsis" hineinbugsieren, und mit ihnen auch die 302 Mann starke Besatzung von Beteigeuze, die wir daraufhin zum sofortigen Abflug nötigen müssten. Denn von allein können die 1059 Erdenmenschen das fremde Raumschiff nicht steuern, dazu fehlt ihnen jahrtausendelange Erfahrung", erklärte der Kommandant.

„Oder wir müssen die Beteigeuzeaner überreden, mit uns zusammenzuarbeiten, damit die Aldebaraner und die Leute vom Orion gemeinsam versuchen, den Zufallsgenerator bei der Epochenwahl auszuschalten, um in Sekundenschnelle wieder auf Aldebaran oder auf Beteigeuze in der Gegenwart zu landen", sagte Professor Chronos.

„Ja, wenn sich unsere Konkurrenten darauf einlassen"; meinte Captain Glubschovutt.

„Ich zweifle nämlich daran, dass die Leute von Beteigeuze ihre überlegene Zeitreisetechnik mit uns teilen", sagte er mit mulmigem Gefühl.

„Ja, das ist leider wahr, und dabei sind die Beteigeuzeaner immerhin noch die einzigen Wesen, die wenigstens überhaupt schon zufällige Zeitreisen ohne Jahresbestimmung unternehmen können – und auch das nur dank meiner Formel, die sie mir geklaut haben", sagte Professor Chronos seufzend.

„Das ist richtig, wir können das nicht einmal mit Ihrer Formel, Professor", sagte der Aldebaraner traurig und senkte den Kopf.

Da lachte Aphrodite plötzlich schrill auf. Alle schauten zu ihr hin.

„Oh, schaut mal, die Münchner Polizei in dieser vorsintflutlichen Vergangenheit hält die Wesen von Beteigeuze mit ihrer grauen Gesichtsfarbe doch tatsächlich für geschminkte, einheimische Erdenmenschen, die sich

lediglich für das närrische Faschingstreiben als Außerirdische verkleidet haben, ist das nicht drollig?"
„Was für ein günstiger Umstand also für uns, dass sie gerade zur Faschingszeit da mit ihrem Raumgleiter gelandet sind!", rief Professor Chronos aus.
„Ja, das stimmt. Und den „Riesen-Ornithopter" halten die Polizeibeamten für einen Umzugswagen vom Karnevalszug!", sagte der auf den Panorama-Bildschirm starrende Harry Wohlleben mit ergötzlichem Lachen.
„Ja, jetzt höre ich es auch: Die Polizisten lachen; sie denken, der riesige Raumgleiter sei aus Pappmaschee! Eine Attrappe! Was haben wir doch für einen Dusel!", rief Aphrodite lachend.
„Das erklärt auch das merkwürdige Ausbleiben einer Panik, weil die Münchner des Jahres 2015 wegen der gerade herrschenden Karnevalszeit gar nicht auf die Idee kommen, dass es sich um ein authentisches, außerirdisches Raumschiff mit teilweise echten Aliens handelt!", erkannte sie blitzartig und über alle Maße entzückt.

„Oh, Leute, seht doch nur: Die letzten Beteigeuze-Gestalten sind gerade dem Schiff entstiegen; und die Polizei versiegelt den Raumgleiter!", sagte Chronos aufgeregt.
„Aber alle sind trotzdem festgenommen worden", protestierte Aphrodite fahrig.
„Warum eigentlich?"
„Ja, natürlich weil diese in den Augen der Polizei geltende „Raumschiff-Attrappe" ein Verkehrshindernis ist. Denn sie versperrt den freien Durchgang im Park", erklärte Harry.
„Und das Schiff könnte ja den Chinesischen Turm beschädigen, oder sogar zum Einsturz bringen, wenn es durch Absenkung des Bodens mit seinem Gewicht dagegen fällt", meinte Harry.
„Wo werden die Polizisten diese Masse an Menschen hinbringen?", fragte Aphrodite.

„Ja, es wird sich als schwierig erweisen, 1361 Gestalten in einem Polizeirevier unterzubringen", meinte Demetrios versonnen.
„Vielleicht werden sie provisorisch in ein Fußballstadion eingeliefert?", meinte Miriam.
„Das ist nun endlich unsere Chance, einzugreifen! Wir können das Schiff mit Beschlag belegen!", trompetete der Kommandant Glubschovutt.
„Jetzt oder nie! Wer ist freiwillig?", fragte er vorwitzig und sah sich unter seinen Leuten um.
Alle meldeten sich.
Doch schon schloss sich ein hermetischer Polizei-Kordon um den riesigen Raumgleiter.
Wie von der Besatzung der „Aurora" vermutet.

„Ich gehe mit auf die leere „Apocalypsis"!", schnarrte Professor Chronos.
„Schließlich handelt es sich um meine Formel, die die Knilche geklaut haben, und da wird es uns mit mir an Bord bestimmt noch am ehesten gelingen, sie so zu modifizieren, dass sie uns bald in jedes gewünschte Zeitalter transportiert", behauptete er kühn.
„Auch zu unseren wunderbaren Gastgebern ins Sternensystem Aldebaran!"
„Und ich möchte runter zu der Heiligen Johanna! Die Ärmste ist die einzige, die am meisten ihrer angestammten Zeit entrückt worden ist durch das Kidnapping aus dem Jahr 1431", meinte Aphrodite munter voller Tatendrang.
„Daher ist sie auch die Einzige, die am meisten leiden musste".
„Und sie ist auch die Einzige, die im Jahre 2015 nicht rapide altern wird, weil das ja für sie eine höchst fortschrittliche Epoche ist", bestätigte ihr Vater.
„Wie der schlichte Verstand einer mittelalterlichen Schäferin wohl diese moderne Technik der Zukunft geistig

verarbeiten soll, ist mir allerdings schleierhaft - die Arme!", rief Harry Wohlleben aus.
„Ja, was soll aus ihr werden? Und in welchem Jahrhundert könnte sie sich dauerhaft niederlassen, ohne Schaden an ihrer malträtierten Psyche zu nehmen?", fragte Aphrodite wehmütig.
Alle schwiegen.

„Übrigens: Wenn wir uns wirklich ins Jahr 2015 versetzen lassen können, dann bleibt noch die Frage: Erscheinen wir günstigerweise direkt ungesehen in der „Apocalypsis", oder landen wir etwa draußen vor dem Schiff, in der freien Natur im Park, wo uns die Wachen sofort aufspüren und festnehmen?", fragte Professor Chronos laut.
„Zumindest würden sie uns draußen erfolgreich den Eintritt ins Schiff verwehren, und was machen wir dann?", fragte er bedröppelt.
„Gute Frage", sagte der Kommandant Glubschovutt.
„Das eben wissen wir noch nicht. Mal sehen, was unser Schlauköpfchen von Computer zu dieser Anfrage beizusteuern hat".
Dazu wurde vom Navigator unverzüglich ein Software-Update durchgeführt.
Aber auch der Computer war ratlos in dieser Hinsicht.
„Das habe ich gleich befürchtet. Was sollen wir jetzt tun?", fragte der Kommandant niedergeschlagen.
„Vielleicht solltet ihr Aldebaraner einfach versuchen, einen diskreten Zeitsprung am Rande des Englischen Gartens zu koordinieren, etwas abseits vom Chinesischen Turm und der neuen Attraktion des Parks, dem Riesen-Raumgleiter", schlug Aphrodite keck vor.
„Denn durch den wunderbaren Deckmantel des Faschings können Sie mit Ihren Reptilienhänden und Klauenfüßen sich durchaus ohne Weiteres unter die Münchner Bevölkerung mischen. Denn jeder, der Sie und Ihre Leute sieht, wird sofort annehmen, dass auch Sie verkleidete

Faschings-Aliens sind, und keiner wird erschrecken oder in Panik verfallen, wenn er Ihre silbrige Haut bemerkt", sagte Aphrodite frohgemut zu dem Kommandanten.
„Meine Güte, das Erdlings-Weibchen hat recht!", bestätigte der Navigator begeistert.
„Wir müssten nur aufpassen, dass unsere Landung aus dem Nichts nicht zufälligerweise direkt beobachtet wird", ergänzte er sachkundig.
„Ja, das könnte sonst doch noch böse ausgehen!", bestätigte Professor Chronos lachend.
„Wenn ein zufälliger Zeuge unserer Sichtbarwerdung dann zum Beispiel geschwind das Institut für Extraterrestrische Forschung anruft, und wir Ärger kriegen mit der Polizei", führte er den Gedanken weiter aus.

„Wie funktioniert eigentlich so eine Verfrachtung von einer Zeit in die andere?", fragte Harry Wohlleben neugierig den Alien-Captain.
„Und was ist das für eine „Schwarzes-Loch-Zeitmaschine", die Sie uns vorhin dazu anbieten wollten?"
„Ja, können Sie uns einfach ins Jahr 2015 beamen, wie die Leute von der Enterprise?", fragte Aphrodite wissbegierig dazwischen.
„Ganz so leicht wie in dieser Fernseh-Fiktion ist es noch nicht", antwortete der Kommandant mit gutmütigem Gelegenheitslächeln.
„Wir haben allerdings einen Raumschiff-Reaktor mit einem künstlichen Schwarzen Loch an Bord, das von einem paradoxalen Ereignishorizont begrenzt wird. In dieses Loch lassen wir Sie per Zeitschleuse einsteigen, danach wird die Singularitäten-Adaptions-Katalypse aktiviert, die den Zeitphasen-Synchronisator in eine Parallel-Welt-Simulierung transponiert. Dann fallen Sie, mal ganz primitiv ausgedrückt, durch ein Wurmloch bis ans Ende der Galaxis, und dann tauchen Sie durch den eingebauten Zeit-

Relevanz-Umwandler in dem von uns anvisierten Jahr 2015 wieder auf", erklärte der Kommandant.

„Was, so einfach ist das?", fragte Aphrodite sarkastisch, der vor lauter technischen Erklärungen die Ohren schlackerten.

„Meine Güte, das klingt reichlich kompliziert, selbst für meine Begriffe als erfahrener Zeitforschungs-Spezialist", gestand Professor Chronos kleinlaut.

„Wir würden es dennoch sehr begrüßen, wenn Sie es uns erlaubten, Ihre Zeitreise-Formel auch weiterhin in unsere Forschungen zu integrieren, Professor Chronos, die sich vor allem damit beschäftigen, demnächst wenigstens eigene Zeitreisen durch einen Zufallsgenerator unternehmen zu können. Bisher können wir das ja noch nicht einmal mittels der „Aurora", sondern müssen dazu eben erst an Bord der „Apocalypsis" gelangen, die wir dann kidnappen müssten, wenn wir mit ihr einen blinden Zufallssprung in die endlosen Korridore der Zeit würden wagen wollen", sagte Urzugoi Glubschovutt mit vorausschauendem, dankbaren Blick.

„Selbstverständlich, Captain: Ich sagte Ihnen doch bereits, dass Sie vollständig über meine Formel verfügen können, jederzeit, in allen Lebenslagen", bekräftigte Professor Chronos noch einmal seine Hilfsbereitschaft.

„Sehr schön. Dann würde ich jetzt vorschlagen, wir räumen die „Aurora" vorsichtshalber schon mal vollständig und evakuieren die gesamte Besatzung an Bord der „Apocalypsis", einschließlich mit Ihnen mit Ihren 30 Landsleuten, Professor", sagte der Kommandant tatendurstig.

„Aber die „Aurora" befindet sich doch im Augenblick im interplanetarischen Langzeitflug in Richtung auf das aldebaranische Sternensystem", protestierte Professor Chronos erschrocken.

„Soll das Schiff allein und führerlos ewig durch den Weltraum driften?", fragte er zitternd.

„Wollen Sie das Schiff ganz aufgeben? Das wäre doch ein enormes Risiko, falls es uns an Bord der „Apocalypsis" dann nicht gelingen sollte, dieses uns fremde Schiff mit seiner unbekannten Raumfahrttechnik überhaupt funktionstüchtig zu kriegen", protestierte Aphrodite lautstark.

„Ja, vielleicht können wir sie nicht mal normal startklar kriegen zum Aldebaran! Vielleicht heben wir nicht mal vom Münchner Erdboden ab?", wagte Harry Wohlleben die Befürchtung.

„Nein, meine Herrschaften, wir geben die „Aurora" überhaupt nicht auf. Sie driftet nicht ziellos durch den Weltraum. Sie wird automatisch von unserem Bordcomputer in die heimatlichen Gefilde ferngesteuert. Dort kommt sie dann in einigen Monaten leer, ohne uns an Bord an, und unsere Landsleute im Aldebaran werden sie in Empfang nehmen und die Computer-Botschaften über unser „Unternehmen Apocalypsis" abhören. Sie werden verstehen und auf unsere Rückkehr warten", behauptete der Kommandant selbstsicher.

„Das alles tun wir natürlich nur, wenn Professor Chronos an Bord des fremden Schiffes meint, er könne uns in relativ kurzer Zeit, zum Beispiel bei spontaner Beherrschung und rascher, gelungener Modifizierung der dortigen Zeitreisetechnik, per Zeitsprung in Sekundenschnelle in die heimatlichen Gefilde von Aldebaran zurückversetzen", beteuerte der Captain.

„Das sind aber viele, unsichere Risiko-Faktoren", wandte Chronos ein.

„Aber wir müssen doch zu all diesen Untersuchungen erstmal an Bord. Und wenn wir feststellen, dass wir mit der Beteigeuze-Technik doch nicht klarkommen, dann können wir nicht mehr an Bord der „Aurora" zurück! Das ist doch ein Widerspruch in sich, was Sie da vorschlagen!", wandte Katz ein.

„Ja, da haben Sie recht", gestand der Kommandant erschöpft.

„Bevor ich mich also wie ein Diktator aufführe, und die vollständige Räumung der „Aurora" strikt befehle, werbe ich nochmals um Freiwillige, die in das fremde, leere Schiff eindringen sollen. Die Übrigen bleiben an Bord und fliegen dann im Langzeitflug normal mit der „Aurora" weiter bis zu unserem Heimatstern Aldebaran. Und meine freiwilligen, eventuell festsitzenden Besatzungsmitglieder auf der fremden „Apocalypsis" müssen dann halt zusehen, wie sie sich mit den Leuten von Beteigeuze durchschlagen, egal, wohin, in welches neue Jahrhundert. Ob per Zufallsgenerator oder auf andere Weise. Und dann dürfen alle irdischen Freiwilligen von Ihnen, meine Freunde, ja nicht länger als ein paar Stunden auf dem Schiff im Jahre 2015 verweilen, damit Sie nicht rapide altern", erinnerte er die 31 irdischen Gestrandeten an dieses Dilemma.

Aber vorher ließ Urzugoi Glubschovutt seine Datenspezialisten noch eine Bildschirmverbindung ins Innere des gegnerischen Schiffes herstellen, die nun, nach langen ergebnislosen Anläufen, endlich funktionierte, und Chronos beobachtete elektrisiert vom Panorama-Bildschirm der „Aurora" die Computeranlagen der Leute von Beteigeuze.

Ebenso werteten die Datenspezialisten der Aldebaraner die fremde Technik aus, indem sie die Computer anzapften, und schon nach einer Stunde Recherchen erfreut feststellten, dass man mit einer leichten Abänderung von Professor Chronos´ Formel tatsächlich ganz problemlos den Zufallsgenerator bei einer gezielten Jahreswahl für eine Zeitreise ausschalten könnte und sogar sofort per Mausklick in die Gegenwart nach Aldebaran zurückkehren könnte, ohne weiterhin auf herkömmliche Weise noch Monate durchs All zu düsen.

Alle Besatzungsmitglieder brachen in große Jubelrufe aus und umarmten einander.

„Ausgezeichnet! Ah! Jetzt können wir wirklich relativ gefahrlos aufbrechen ins fremde Schiff!", brachte der Captain begeistert zu Protokoll.

Nachdem Professor Chronos rasch seine Formel korrigiert hatte, machten sich alle Besatzungsmitglieder durch die „Schwarzes-Loch-Zeitmaschine" endlich davon in Richtung „Apocalypsis", nachdem sie die leere „Aurora" ferngesteuert durchs Weltall driften ließen. Ziel: Aldebaran.

Sie erschienen tatsächlich wie erhofft alle direkt wie Gespenster in der „Apocalypsis", ohne von den bayerischen Wachen draußen vor dem Schiff bemerkt worden zu sein.

Chronos machte sich sofort am gegnerischen Zeitreisemechanismus zu schaffen und schaffte es mithilfe der Aldebaraner, das Schiff startklar zu machen.

„Wir können das Schiff ab jetzt sofort starten", sagte der Professor freudig.

„Wollen wir vorher noch unsere gefangenen Landsleute orten, nebst den 302 Wesen von Beteigeuze?", fragte er den Kommandanten.

„Dann könnten wir die 1361 doch wahrscheinlich ganz rasch mit unseren überlegenen Laserwaffen befreien und gleich auf unseren Rückkehr-Zeittrip nach Aldebaran mitnehmen?", fragte er den Kommandanten.

„Gute Idee, doch müssen wir sorgsam darauf achten, bei unserem Einsatz keinen großen Schaden im hiesigen Jahr 2015 anzurichten. Wir dürfen keine Menschen dabei töten", schärfte der Kommandant jedem an Bord ein.

„Sie wissen doch: Sonst würden wir eventuell die Zukunft verändern. Und solche Wesen wie wir vom Aldebaran würden dann vielleicht niemals entstehen!"

Das verstünde sich von selbst, war jedermann glücklicherweise der Meinung.

Dann ortete der Navigator geschwind den Aufenthaltsort der 1361 Individuen, die erst einmal im freien Wiesen-Ufer-Gelände vor dem Kleinhesseloher See im Englischen Garten untergebracht worden waren, also ganz in der Nähe vom Chinesischen Turm, wie der Bordcomputer ausspuckte, und an welchen eng angeschmiegt jetzt noch die „Apocalypsis" parkte.
Doch schon erhob sich das Ungetüm blitzartig in die Lüfte, startete senkrecht über die erstarrten Gesichter und erstaunten Köpfe der Wachmannschaft hinweg, die wild auseinanderstob, als die Polizisten das Ufo-artige Gebrumm des Raumgleiters vernahmen.
„Meine Güte, Jungs, ich glaube, ich spinne: Achtung, zieht die Köpfe ein, das Ding kann wirklich fliegen!", rief ein Polizist wie im Rausch des Wahnsinns.
„Ist ja irre! Dann … war das also gar keine Attrappe, kein Faschingswagen?", fragte ein Soldat entgeistert.
„Und die Insassen…"
„Waren … sind … vermutlich echte … Außerirdische! Leute, wir müssen sofort eine Meldung machen ans Hauptquartier! Sicherlich war das ein echtes Raumschiff aus einer anderen Welt! Die angeblich grau geschminkten Gestalten waren gar nicht verkleidet für den Fasching! Wir haben vermutlich echten Alienbesuch aus den Weiten des Weltalls bekommen! Alarm! Sofort Alarmstufe Rot auslösen ans Heer und alle Polizeidienststellen!", bellte ein Kommissar, alle glotzten mit staunendem Blick in die Lüfte.

„Wir landen gleich schon wieder!", rief der Kommandant, als der Raumgleiter kurz davor war, vor dem Kleinhesseloher See herunterzugehen.
„Da, da unten sind auch schon Ihre zahlreichen Zeitgenossen vom Jahr 8498!", sagte der Navigator mit zufriedenem Blick und zeigte auf die Panoramascheibe, durch die alle die 1361 neugierigen Gefangenen sehen

konnten, die die Hälse gen Himmel reckten, wo sie aufgeregt das im Landeanflug befindliche Raumschiff beäugten.

„Das ist ja unsere „Apocalypsis", mein Kommandant!", rief ein Besatzungsmitglied der 302 gefangenen Beteigeuzeaner aus, die mit ihren zahlreichen Bewachern am See einen ausgelassenen Fasching feierten, mit Brotzeit, Musikkapelle und Tanz.

Ein Kampfsoldat in grüner Tarn-Uniform brachte der völlig verdutzten Johanna von Orleans den Lambada-Tanz bei.

„Ja, aber ... Wer von den Erdenmenschen dieses primitiven Zeitalters hat es so schnell gelernt, mein hochkompliziertes Schiff zu steuern?", fragte fassungslos der Kommandeur der „Apocalypsis", ***Batoripuz Tofaxus***.

„Nein, bestimmt haben unsere Konkurrenten, die Aldebaraner, irgendwie ihre Hände im Spiel bei diesem Spaceshuttle-Hijacking, Commodore", äußerte Tofaxus´ Erster Offizier die Vermutung.

„Ja, das könnte sein, und das könnte aber auch eine Chance für uns alle hier Gestrandeten sein, gerettet zu werden", erkannte der Mann von Beteigeuze blitzschnell.

„Warum haben wir vorhin bei unserer Gefangennahme eigentlich nicht sofort unsere überlegenen Laserwaffen gegen die Deutschen eingesetzt, Chef?", fragte der Erste Offizier verwundert.

„Wir haben uns doch auch im Jahre 1431 damit gewehrt, und uns ohne zu zögern sofort auf einen Kampf mit der Inquisition eingelassen", beschwerte sich der Offizier bei seinem Kommandanten.

„Die beiden Fälle können Sie doch nicht miteinander vergleichen, Tabrok", rügte Kommandant Tofaxus barsch.

„Das Inquisitionstribunal von 1431 bestand aus Verbrechern, verblendeten religiösen Fanatikern. Da mussten wir eingreifen, um das unschuldige Mädchen auf dem Scheiterhaufen zu retten. Die Polizisten und Soldaten

hier aus dem Jahr 2015 dagegen sind alle anständige Menschen, die nur für Ordnung sorgen wollen in ihrer Gesellschaft. Und sie haben auch nicht vor, einen von uns zu töten", wies er Tabrok zurecht
„Sie sind begreiflicherweise nur etwas erschrocken über unser zahlreiches Auftauchen, mitsamt unserem merkwürdigen Raumschiff".

„Wir hätten unser Schiff aber trotzdem nicht bedingungslos vollzählig verlassen müssen, wie die Fremden uns befohlen haben; warum haben wir uns eigentlich einfach so ergeben?", fragte er beschämt.
„Wir hätten die Fremden zumindest sofort alle ganz leicht betäuben können. Für Stunden hätten wir die Polizei in tiefen Schlaf versetzen können, Commodore!"
„Zumal die Polizisten und Soldaten uns ja unsere Waffen gelassen haben, weil sie sie für wirkungslose Faschings-Attrappen hielten", ergänzte er.
„Das sollen sie auch weiterhin tun, denn dieser Irrtum war unser größtes Glück: Denn wenn wir uns damit planlos den Weg freigeschossen hätten, dann hätte es sicherlich doch ein unnötiges Blutbad gegeben, vielleicht nicht nur unter den Erdenmenschen, sondern auch unter unserer Besatzung", sagte der clevere Captain lächelnd.
„Ehe es uns nämlich gelungen wäre, die vielen Ordnungshüter und Soldaten gewaltlos zu betäuben, hätten vorher durchaus noch ein paar von ihnen einige von uns mit ihren schweren, altmodischen Feuerwaffen verletzen und sogar töten können…"
„Darum gilt Folgendes: Lassen wir die Dinge lieber weiter heiter angehen, spielen wir als harmlose, muntere Faschings-Aliens den irdischen Karneval ruhig noch ein bisschen weiter mit, bis unser Schiff uns vielleicht gleich auf völlig unblutige Weise wieder einsammelt, und sich alles in Wohlgefallen auflöst, Tabrok", sagte der Commodore mit unendlicher Gelassenheit.

„Denn die „Apocalypsis" funktioniert offensichtlich wieder einwandfrei: Sie hat sich wieder in die Lüfte erhoben. Sie sehen doch, der Defekt ist behoben, und vielleicht ist auch der Zeitreisemechanismus wieder funktionstüchtig. Dann können wir vielleicht gleich zurück zum Orion, denn ich glaube, der wackere Besitzer der Zeitreiseformel, die wir ihm in seinem Erdenjahr 8498 abgepresst haben durch Drohung und Nötigung, hat es irgendwie geschafft, uns durch die Zeit nachzureisen und will nun ganz offensichtlich seine 1059 von uns entführten Landsleute retten. Vielleicht auch uns, wenn wir Glück haben, ich spüre, dass er genau das vorhat. Denn der Wissenschaftler kann es sich nicht leisten, uns hier zurückzulassen, wenn er seine Menschengenossen wiederhaben will, sonst gibt es einen blutigen Aufstand mit den Deutschen hier, die aus dem Jahr 2015 stammen, und die die wahre Natur unserer misslichen Lage dann sofort erkennen würden! Deshalb müssen wir davon profitieren, von diesem Umstand ... Also, ruhig Blut, Tabrok, halten Sie die Besatzung ruhig, erklären Sie ihr alles geschwind mit wenigen Worten, und bereiten Sie sie vor auf die Wiedervereinigung, klar?"
„Äh, ich habe noch nicht ganz verstanden, worauf Sie hinauswollen, Commodore", erklärte der Erste Offizier etwas bedrückt.
„Warten Sie: Dann erkläre ich es Ihnen noch mal", sagte er seelenruhig, höflich, ohne Verstimmung.
„Also: Vermutlich kommen jetzt Aldebaraner mit unserem Schiff an. Eventuell auch einige Deutsche vom Jahr 8498. Denn ich kann mir nicht vorstellen, dass der deutsche Wissenschaftler, wer immer er auch sein mag, dieses überragende Jahrtausend-Genie, das die Zeitreiseformel entworfen hat, - trotz seiner überragenden Geistesgröße, - imstande sein soll, ohne aldebaranische Hilfe unser für seine Begriffe technisch haushoch überlegenes Zukunfts-Raumschiff allein zu steuern. Und die von mir zusammen mit dem Formel-Genie vermuteten Deutschen an Bord aus

dem Jahr 8498 wissen ganz genau: Nehmen sie nur ihre Landsleute wieder an sich, und lassen uns 302 Wesen von Beteigeuze hier zurück, dann schlagen wir gewaltig Krach und decken das gesamte Komplott auf: Indem wir den Deutschen hier im Jahre 2015 die Augen öffnen, dass wir z w e i außerirdische Rassen sind! Das können und werden sie nicht riskieren. Weder die Aldebaraner, noch die Deutschen von 8498. Also werden sie notgedrungen auch stillschweigend akzeptieren, uns Formelräuber wieder mitzunehmen in unserem eigenen Schiff, klar?", fragte er noch mal zur Ergänzung.

„Jawohl, mein Kommandant, raffiniert, wie Sie das alles durchschaut haben", sagte er freudig erregt und ging hurtig seinem Auftrag nach.

Da trat ein Fähnrich rasch an Commodore Tofaxus´ Seite.
„Was gibt es?", fragte er freundlich den zitternden Mann.
„Folgendes, Commodore", sagte er zerknirscht.
„Meiner Meinung nach hätten wir damals mit den entführten 1059 Versuchspersonen von der Erde sofort nach Hause zum Orion weiterfliegen sollen, zumal wir ja auch noch das unverschämte Glück hatten, kurze Zeit nach dem Kidnapping, von dem unbekannten deutschen Wissenschaftler die Zeitreiseformel per Funk übermittelt zu bekommen", sagte er mit gesenktem Kopf.
„Wir hätten darauf verzichten sollen, sie sofort auszuprobieren: So sind wir per Zufallsgenerator statt nach Beteigeuze, gleich in ein unwirtliches Zeitalter versetzt worden, ins abergläubische Frankreich der Hexenverfolgungen im Jahre 1431. Das wäre beinahe furchtbar schiefgegangen. Danach sind wir wieder per Zufallsgenerator hier in München gelandet, im Jahre 2015. Auch nicht viel besser, finden Sie nicht?", fragte der Fähnrich zweifelnd, und sah zu seinem Chef auf.
„Was wollen Sie? Raumfahrt ist von Anbeginn an schon immer ein großes Risiko gewesen, seit der ersten

Mondlandung 1969. Ohne Risiko erreichen Sie keinen Fortschritt. Und unsere zwei spannenden Zeitreisen waren doch immerhin ein gewaltiges, neuartiges Unternehmen mit sehr viel wissenschaftlicher Erkenntnis. Unschätzbarer Erkenntnis, Fähnrich Kroxzt! Denn durch unsere Abenteuerlust und Risikobereitschaft haben wir jetzt die endgültige Bestätigung, dass Zeitreisen tatsächlich möglich sind. Natürlich vor allem, sogar einzig und allein, dank der Formel dieses fantastischen Erdenmenschen! Dem ich sie kaltblütig abgepresst habe! Ich gebe es ja zu! Bei dem ich mich für den Formelklau bei Gelegenheit entschuldigen werde, denn ich hoffe, er wird auch mit uns Beteigeuzeanern zusammenarbeiten wollen. Denn diesmal biete ich dem deutschen Wissenschaftler eine friedliche, freiwillige Zusammenarbeit an. Und auch die Aldebaraner will ich mit einbeziehen in dieses Bündnis: Zusammen sind wir ein unschlagbares Zeitreiseteam! Begreifen Sie nicht die gewaltigen Möglichkeiten, die wir drei Völker damit haben?", fragte Commodore Tofaxus emphatisch.

„Wir werden unsere technischen Erfahrungen und Erfindungen austauschen müssen, es bleibt uns gar nichts anderes übrig, jetzt, wo wir alle drei Völker sowieso schon unsere technischen Geheimnisse voreinander offengelegt haben", schnarrte der Chef von Beteigeuze versonnen.
„Und wo alle unsere drei Völker jetzt schon Zeitreise-Erfahrung haben…"
„Ja, da haben Sie sicherlich recht!", sah auch der Fähnrich ein.
„Und noch etwas müssen Sie bedenken: Wir hätten mit den vielen, entführten Versuchspersonen von der Erde an Bord unserer „Apocalypsis" ohnehin nie den normalen, langsamen Rückweg bis zum Sternensystem Beteigeuze geschafft. Dazu war das Schiff nicht vorgesehen, dafür war es viel zu überladen mit Menschen und wäre manövrierunfähig geworden. Schon in relativ kurzer Zeit.

So war der Raub der Zeitreiseformel kurz danach ein Riesenglück für uns, unsere einzige Chance, in Sekundenschnelle heil wieder nach Hause zu kommen. Oder zumindest anderswohin. Dass wir dann doch nicht zu Hause landeten, sondern erst mal in der dunklen, irdischen Vergangenheit, das war ja eigentlich vorauszusehen, dass so was auch passieren könnte. Aber dadurch haben wir immerhin bewiesen, dass Zeitreisen möglich sind", wiederholte der Commodore elektrisiert.
„Das ist doch auch schon was!"

„Oder aber: Wir hätten die meisten der Erdenmenschen wieder aus dem Schiff werfen müssen, um mit leichterer Menschenfracht, die wir auch besser hätten ernähren können, mittels herkömmlichem Fusionsantrieb langsam wieder den Orion anzusteuern, aber ich glaube, das wäre gar nicht bekömmlich für die wieder ausgesetzten Entführten gewesen", zog der Captain das Fazit.
„Was meinen Sie damit, Commodore?", fragte der Fähnrich Kroxzt.
Batoripuz Tofaxus sah vielsagend zu ihm herunter.
„Erinnern Sie sich nicht an die gewaltigen Hitzemessungen auf der Erde, die unser Computer uns vor ein paar Monaten kurz vor unserem Massen-Kidnapping gemeldet hat? Diese Hitze auf der Erde war sehr ungewöhnlich, sie überstieg jedes bis dahin gekannte Maß".
„Ja, Sie haben recht, jetzt erinnere ich mich", sagte der Fähnrich elektrisiert.
„Eben. Und bei Gelegenheit werde ich versuchen, herauszufinden, wie das mit der Hitze auf der Erde ausgegangen ist, falls wir gleich auf weitere Erdenmenschen des Hitzerekordjahres 8498 treffen sollten, die eventuell ebenfalls von unseren aldebaranischen Kollegen als Versuchskaninchen entführt worden sind … Denn wenn ich mich nicht irre, hat sich da eine gewaltige Umweltkatastrophe angebahnt und angekündigt, die

inzwischen in ein Inferno sondergleichen hat münden können, wer weiß?", fragte sich der Commodore versonnen.
„Aber wodurch, Commodore?", fragte der Fähnrich vor Erregung.
„Vielleicht … plötzliche, mehrere weltweite Vulkanausbrüche gleichzeitig? Oder: Attentate auf Kernkraftwerke? Oder ein plötzlich einschlagender Komet?"
Er kratzte sich ratlos am Kopf.

Johanna inzwischen schrie auf, und fiel mitten im Tanz auf die Knie, als sie das Raumschiff am Rande des Sees landen sah.
„Oh, schaut, mein edler Herr, und geschickter Akrobat der seltsamsten Tanzkunst, die mein überfordertes Auge je gewahr geworden: Da kommt schon wieder so ein großer, weißer Vogel angeflogen – in dieser merkwürdigen, mir völlig unverständlichen Welt!"
„Wie bewerkstelligen Eure Gnaden nur solch überirdisches Treiben? In meiner alten, gewohnten Welt in Frankreich war es allein den Engeln vorbehalten, das heißt, den himmlischen Heerscharen unseres göttlichen Übervaters, auf solch weißen Flügeln einher zu schweben ins Paradies, und über uns Menschen zu thronen! Und natürlich um über unsere Sicherheit zu wachen. Hier scheint es jeder Mensch zu können! Oh, bitte, edler Abgesandter der wunderlichen Menschenwelt: Wo bin ich eigentlich hineingeraten, in was für ein ausgelassenes Treiben, das so sehr an den mir vertrauten Karneval meiner Heimat erinnert? Das hier soll angeblich das Deutsche Reich sein, wie man mir vorhin auf meine unschuldige Anfrage versichert hat? Erklärt mir bitte diese seltsame Gabe dieser merkwürdigen Welt, als Mensch die Wolken in großen künstlichen Eisenkästen durchschreiten zu können, ohne herunterzufallen auf den

Erdboden!", erbat sich Johanna inniglichst auf Französisch von ihrem Kavalier.

Ihr Tanzpartner, der Soldat, lachte, als er das hörte, und half ihr auf, nahm die zu Tode erschrockene Johanna in seine Arme, und küsste sie auf den Mund.
„Toll, mein Mädchen, wie überzeugend echt, wortgewaltig und ergreifend du deine Faschingsrolle als „Heilige Jungfrau von Orleans" spielst; damit kannst du auf jeder Bühne der Welt glänzen!", sagte der belgische, seine französische Muttersprache sprechende Nato-Soldat entzückt zu ihr.
„Aber jetzt gesteh´ mir doch endlich mal deine raffinierte Masche: Du bist doch wohl eh´ durch und durch Theaterschauspielerin, gell, du kleiner, entzückender Fratz?"
Johanna schaute ihren Galan jedoch nur verständnislos mit heftig rollenden Augen an.
Dazu schnappte sie wie ein Karpfen auf dem Trockenen nach Luft.
„Und schau: Da oben, in diesem als Alien-Raumschiff dekorierten Flugzeug, kommt Verstärkung für uns: Noch mehr Karnevalisten in Feierlaune; komm, wir empfangen sie, das wird lustig! Gleich geht die Party erst richtig los! Vielleicht hören wir anschließend noch eine schöne Büttenrede!", deklamierte der Soldat hocherfreut und zog Johanna mit sich fort, zur „Apocalypsis", die gerade gelandet war.
„Ich übersetze dir dann alle Pointen ins Französische, denn ich beherrsche perfekt Deutsch!"
„Was ist das, eine „Party?", fragte Johanna, wie betäubt vom Rausch des klingenden Festtrubels und rannte mit ihrem Verehrer interessiert zu dem großen Flugvogel.

„Einen Augenblick, Eure Gnaden, ich habe mein Schwert im Gras liegen lassen!", rief Johanna bestürzt aus und wollte sich vom Griff ihres Beschützers losmachen.
„Hahaha, du bist wirklich einmalig, wie du in deiner Rolle aufgehst, meine Kleine, aber nun übertreib´ mal nicht diese Johanna-Manier!", sagte der Soldat lachend.
„Lass doch das alberne Plastikschwert dort liegen, wo es ist, ist ja eh´ nicht viel wert!"
Alle Menschen vom See, vor allem die 1059 entführten Deutschen begrüßten die Ankunft des Raumgleiters frenetisch, denn viele begannen vermutlich, die Wahrheit zu ahnen. Sie erkannten ihr Entführungsschiff vom Jahre 8498 auf Anhieb wieder!
Der Soldat fand das Schwert noch vor Johanna, und war erstaunt über seine scharfe Schneide.
Und natürlich über sein Gewicht.
„Au, das Ding ist ja echt!", rief er leicht verwundet aus.
„Und wie schwer es ist, das ist ja eine echte Antiquität!"
„Also: Wirklich, du überlässt kein Detail dem Zufall, mein Mädchen – nicht wahr? - Wo hast du denn dieses Juwel her? Doch nicht etwa bei uns hier in München im Museum geklaut? Na, warte", sagte er zu ihr, schelmisch drohend und lachte wieder.

Hunderte Menschen klatschten, als die Raumgleiter-Besatzung ausstieg, besonders die Polizisten und Soldaten, wie Urzugoi Glubschovutt verwundert feststellte.
Im Nu begriff er die Situation, und entschloss sich kühn und beherzt, sie für sich und seine Schutzbefohlenen zunutze zu machen.
„Die Menschen denken auch hier an diesem See weiterhin, ich sei lediglich ein verkleideter Alien-Kommandant
im Faschingskostüm; in Wirklichkeit sei ich ein Mensch, einer von ihnen!", sagte der „Aurora"-Kommandant erfreut.
„Na, wunderbar, das ist ja das Beste, was uns passieren konnte! Kommen Sie, Professor Chronos, wir können alle

gefahrlos aussteigen, auch mein Navigator. Wir müssen das groteske Missverständnis der Erdenbewohner geschwind ausnutzen, bevor die Menschen dieses Jahres 2015 den Betrug durchschauen und uns voller Furcht bekämpfen. Ehe das geschieht, müssen wir Ihre vielen Landsleute und die Besitzer des Schiffes, die Beteigeuzeaner, unter einem geschickten Vorwand schnell wieder an Bord der „Apocalypsis" locken, und alle drin haben, ehe hier die Hölle losbricht, wenn die Münchner die Maskerade durchschaut haben und die Wahrheit unserer realen Existenz begreifen", sagte er hastig zu Katz und Co.

„Sehr richtig, das ist auch meine Meinung", bekräftigte die eben aussteigende Aphrodite und zeigte überrascht auf Johanna.

„Wir können ja so tun, als ob die eigentliche Party erst so richtig hier drinnen in der Raumschiff-Attrappe steigen würde, wo es noch mehr Getränke und Musik gratis gäbe für alle!", schlug die wackere Aphrodite hastig vor.

„Wunderbar, Fräulein Aphrodite, das ist ein ausgezeichneter Vorschlag, so machen wir es", raunte der automatische Sprachübersetzer am Halsring von Kommandant Glubschovutt Aphrodite metallen ins Ohr.

„Oh, da drüben ist ja tatsächlich Johanna!", sagte sie verlegen.

„Meine Güte, wie groß das Mädchen ist!", sagte ein Münchner Soldat erstaunt zu Aphrodite, der ihr beim Aussteigen aus dem Raumkreuzer half.

„Oh, nein ... das ... Ich habe lediglich meine Beine für den Fasching extra künstlich verlängern lassen", sagte sie verlegen kichernd.

„Ach so, drum", sagte eine Marktfrau verständnisvoll im Hintergrund.

„Und der Alien an deiner Seiten, mei liabs Madl, mei liaba Schwan, des hat scho woas für sich!", schwärmte ein anderer Polizist.

„Wirklich umwerfend gut gelungen, dieser knuffige Alien-Mummenschanz, alle Achtung! Man könnte glatt meinen, das wäre alles echt, vor allem das „Raumschiff", haha!", lobte ein Sicherheitsfachmann aus dem Hintergrund die scheinbare Verkleidung von Urzugoi Glubschovutt.
„Ja, die Leit vom Nockherberg haben heuer dies Jahr schon im Voraus wieder mal ganze Arbeit g´leist", fiepte eine junge Polizistin begeistert und befühlte Aphrodites Bienenkorbfrisur.
Sie hatte dabei viel Mühe, weil sie sich mit ihrem kurzen Körper gewaltig in die Höhe strecken musste, um Aphrodites Kopf überhaupt mit den Händen erreichen zu können. Das Mädchen aus der Zukunft beugte sich deswegen galant zu der Polizistin hinab, um ihr die Arbeit zu erleichtern.
Dabei kam ihr Aphrodite noch zusätzlich leutselig entgegen, indem sie sich außerdem noch höflich tief in die Knie hinab begab.
„Heuer beginnt das Politiker-Derblecken beim traditionellen Starkbier-Anstich schon etwas früher. Doch heut werden statt der Politiker erscht amoi die Aliens derbleckt, hahaha…", lachte die Polizistin belustigt.
„Dös ist endlich mal eine neue, fesche Gaudi…"
Auch sie war verbotenerweise schon etwas beschwipst.
„Das Singspiel ist ja schon in vollem Gange…"

Aphrodite stakste wackelig zu den vollgedröhnten Feierbiestern hinüber, vor allen zu solchen, bei denen sie jetzt Johanna von Orleans in ihrem schlichten, grauen Waffenrock erblickte.

Johanna stand noch dicht gedrängt, wie fest gekleistert an ihren belgischen Nato-Soldaten, der seinen Arm forsch um ihre Taille geschlungen hatte. Beide blickten sie jetzt der auf sie zuschreitenden Aphrodite ins Gesicht. An ihrer Flanke wiederum war der „Aurora"-Kommandant

Glubschovutt, der die kurzhaarige Kämpferin vom Scheiterhaufen nun wiedererkannte. Diesmal sah er sie ja in natura, nicht bloß von seinem Panorama-Bildschirm auf der „Aurora".
„Oh, wir bekommen Alien-Verstärkung, sehr gut, können wir brauchen für die Mega-Party", sagte der Nato-Soldat in der gefleckten Tarn-Uniform lächelnd auf Französisch zu Johanna.
„Freunde von dir, nehme ich an, gell?"

Aphrodite begrüßte Johanna frenetisch und jubelte voller Freude: „Schön, dich wiederzusehen, meine tapfere Kämpferin, ich sehe, du hast deine Rettung gut überstanden! Ich freue mich so, dich endlich mal persönlich kennenzulernen, wenn auch unter höchst grotesken, für dich kaum nachzuvollziehenden Umständen! Darüber werden wir beide uns gleich noch ausführlicher zu unterhalten haben", prognostizierte Aphrodite überschwänglich gut gelaunt, um keinen Verdacht zu erregen.
Zitternd verengten sich da die Augen der starrenden Johanna zu Schlitzen.
Sie bebte am ganzen Körper und öffnete langsam ihren schmalen Mund.
„Eure Stimme, verehrte Mademoiselle, klingt mir sehr vertraut im Ohr!", rief Johanna erregt aus, schlüpfte der Umklammerung ihres Tanzpartners davon und hastete Hals über Kopf ganz nah zu Aphrodite.
„Sagt mir: Sind wir uns nicht schon einmal irgendwo begegnet?"
„Aber, … Nein!!! Das ist ja gar nicht möglich", schränkte die verschreckte Frankreich-Befreierin gleich wieder ein, denn … Eure Größe, edle Madame! …" Und sie streckte zaghaft die Hand nach der großen Aphrodite aus.
„Denn eine Frau solch gigantischen Ausmaßes wie Euer Gnaden ist mir noch nie begegnet", deklamierte Johanna zaghaft. „Ihr seid ein Wunder der Natur…"

„Ja, vor langer Zeit, vor vielen Jahrhunderten, im Jahre 1431, da sind wir uns tatsächlich begegnet - aber es war keine physische Begegnung, eher eine einseitige, virtuelle", sagte Aphrodite lachend und umarmte Johanna stürmisch.
„Ich verstehe Eure seltsame Rede nicht, meine geschätzte Dame; meine Güte, wie groß Ihr seid!", wiederholte Johanna verwundert.
„Du hast in Wirklichkeit tatsächlich nur meine Stimme gehört, damals, auf dem Scheiterhaufen in Rouen. Die muss dir allerdings wahrlich wie eine Geisterstimme aus dem Jenseits vorgekommen sein … Ein tolles Gedächtnis übrigens hast du, bravo, meine liebe Johanna, dass du dich an meine kurze Rede erinnerst", lobte Aphrodite entzückt.
„Ja, was wird denn das, wenn es fertig ist? Wird hier jetzt ein antikes Stück aufgeführt? Oder sind das die Theaterproben zweier Kolleginnen?", fragte der Nato-Soldat perplex.
„Oder seid ihr beiden etwa ein bisschen verdreht, hä?", fragte der Belgier.

„Ihr seid das! …", deklamierte Johanna nicht weniger perplex.
„Ja, jetzt vermag mein armes, umtriebiges Gedächtnis sich zu erinnern: Ihr gehört zu meinen Stimmen, die mich vor dem Tode errettet haben, aber wer seid Ihr? Ihr seid doch kein Engel, oder doch, meine geliebte … Retterin?", fragte Johanna, völlig losgelöst von allem irdischen Geschehen.
Sie schlug die Hände über dem Kopf zusammen, und erlebte eine spirituelle, innere Läuterung.
„Ihr seid … also nur mir zuliebe … sichtbar geworden? Um mich in meiner hehren Mission zu bestärken?", fragte Johanna verzückt.
„Ja, so ähnlich verhält sich der Sachverhalt", druckste Aphrodite unsicher herum.

„Oh, und ich vergelte Euch alles so schamlos, indem ich mich auf einem Tanzfest verlustiere, und mich ausgelassen in einem seltsamen Reigen wiege, mit einem merkwürdig gekleideten Kavalier, inmitten einer Musik, die mir völlig fremd ist. Anstatt dass ich mein Schwert ergreife, mein Heer wieder einsammele und neu aufstelle, und die Befreiung meiner geliebten Heimat Frankreich vollende, begebe ich mich egoistisch in den schamlosesten Pfuhl der Sünde hinab, einer Hure gleich, die ihre Reize an den Meistbietenden verschachert", trötete Johanna panikartig in die ausgelassene Feierstimmung hinein.

„Sagt mal: Wovon redet denn diese Verrückte eigentlich? Oder gehört dieser Text auch zu eurem Bühnenstück?", fragte Johannas Tanzpartner entgeistert, sah zu Kommandant Glubschovutt hin, und gewaltiges Misstrauen baute sich in seinem Inneren auf.

„Die … Die hält sich ja wirklich für die Heilige Johanna von Orleans, oder wie sehe ich das? Wenn ich mir so ihre verrückten Augen ansehe, die starren Pupillen - dann läuft es mir wahrlich eiskalt den Rücken hinunter!", sagte er mit aufsteigender Furcht vor dem Unbekannten.

Der Soldat selber bekam große Bedenken und machte abwehrende Handbewegungen, wie um einen bösen Geist zu verscheuchen.

Und wild grabschte der belgische Soldat mit einer plötzlich auffahrenden Handbewegung nach Johannas Schwert an ihrer Hüfte: „Und erst ihr Schwert hier! … Das ist nämlich echt, keine Attrappe!", eiferte er sich, und schon erregte er die Aufmerksamkeit der Partygäste, die, allzeit neugkeitssüchtig, zu der seltsamen Schar hinüberstarrten. Und dann kamen sie in Scharen angelaufen.

„Das … Das ist kein Faschingsschwert, Leute, das hier …"

„Ich glaube, wir haben hier vielmehr eine echte Psychopathin, die aus ihrer Klapsmühle davongelaufen sein muss", schwadronierte der bedauernswerte Nato-Soldat laut vernehmbar auf Deutsch.

„Mit der will ich nichts mehr zu schaffen haben!", sagte er verstört.
Die Partygäste schauten sich ratlos an und begannen, wild durcheinander zu murmeln und zu tuscheln.
Sie wussten nicht, was sie von der seltsamen Szene halten sollten, die sich direkt vor aller Augen abspielte: Ob sie lachen sollten, oder weinen, oder: War das etwa alles echt?, mochten sich manche denken.
„Schaut ihr nur mal in die Augen! Die sind total verrückt, da kriegt man ja Angst!", sagte der Soldat, der nun völlig von der Rolle war und seine Worte rechts und links ins Publikum schleuderte.
„Und der plötzlich aufkeimende Hass in ihren Augen! Seht euch das nur mal an! Gleich wird sie was anstellen, diese Durchgeknallte! Schafft sie besser von hier fort!", warnte der Soldat hellsichtig.

Doch die Rettung nahte unversehens, als der Soldat einen plötzlichen Stimmungsumschwung durchlebte:
„Da probiere ich es doch lieber mal mit der anderen Dame, ihrer Freundin, auch wenn diese mir bedenklich über den Kopf wächst wie ein Riesenbaum", sagte der Belgier lachend, und riss stürmisch Aphrodite an sich, indem er munter schnarrte: „Vous permettez, Mademoiselle?"
„Obwohl auch diese so einen chaotischen Unsinn von sich gibt", raunte er sich selber zu, und schon fühlte sich die verdutzte Aphrodite hineingezogen in einen Strudel nachfolgender, karnevalistischer Ausgelassenheit.
Urzugoi Glubschovutt hielt währenddessen schnell Johanna fest, die ihr Schwert gezogen hatte, denn auch er fürchtete nunmehr Schlimmes von ihr.
Doch mit überraschender Kraft stieß sie ihn mit der schwertfreien Faust weit von sich fort.
Ein ängstliches Raunen ging durch die Menge.
Die neugierige Meute, die vergnügungssüchtigen Feierbiester, die ihr erst bedenkenlos zugeströmt waren,

weil sie sich einen neuen Partygag zur permanenten Zerstreuung erhofft hatten, wichen nun unter Schreien des Schreckens panikartig weit von Johannas Drohpotenzial zurück.
Gläser und Flaschen fielen, bedingt durch die latente Gefahr, aufgrund der so unerwarteten Bedrohung der Harmonie, irgendwo klirrend auf den Boden.

„Jetzt weiß ich es endlich: Ihr seid alle verzauberte Teufel! Henkersknechte des Satans!", brüllte Johanna mit gezücktem Schwert und irrem Blick in die fröhliche Runde.
„Vade retro, satanas!", rezitierte sie psalmodierend.
„Achtung, sie hat ein echtes, scharfes Schwert, sie ist verrückt geworden, haltet sie doch auf!", flehte eine Frau aus dem Hintergrund. Währenddessen wütete Johanna die Wahnsinnige munter weiter.
„Hinweg mit euch! Ihr habt mich lediglich befreit, um euren schändlichen Schabernack mit mir zu treiben! Aber nicht mit mir, ihr gottlosen Narren! Der Sieg der Hölle wird sich nicht einstellen! Meine heiligen Stimmen, steht mir bei!", flehte Johanna, hob den Blick gen Himmel, drehte sich im Kreis, bekreuzigte sich, und ließ das Schwert ins Gras fallen, fiel auf die Knie und betete flehentlich, hemmungslos weinend.
„Oh je, der Rummel war zuviel für sie, die Arme! Das war ja zu erwarten!", wimmerte Aphrodite und machte sich von ihrem belgischen Tanzpartner los, lief mitleidig wieder zu Johanna hin.
Die Polizisten schrien auf und zückten ihre Waffen.
Zum Glück hatte kaum einer Johannas Vergeltungstirade verstanden, weil sie ja Französisch gesprochen hatte. Die einzige Sprache, die sie beherrschte, und dann noch in stark gefärbtem, altertümlichem, elsässischem Dialekt.
Die Partygäste näherten sich erst schüchtern, dann wieder flinker der historischen und hysterischen Szene, als

Aphrodite die unglückliche, historische Persönlichkeit schon tröstend in ihre langen Arme einschloss.

„Keine Bange, meine Freunde, es besteht keine Gefahr. Die junge Dame hat nur ein bisschen zuviel getrunken, weil ihr eine Schauspielkollegin vom Gärtnerplatz-Theater ihre Traumrolle, die „Johanna von Orleans" weggeschnappt hat, und dabei verträgt die Arme hier ja keinen Alkohol – daher ist sie halt ein bisschen ausfällig geworden und musste sich spontan abreagieren, indem sie ad hoc ihre Lieblingsszene aus dem entgangenen Stück herunterrattern musste. Das ist wie eine reinigende Selbsttherapie!", säuselte der lässig wie ein junges, flinkes Reh herbei gesprungene Professor Chronos zu dem unfreiwilligen Theaterpublikum hin, indem er aufgeregt, theatralisch die Hände fuchteln ließ und behauptete: „Also beruhigen Sie sich bitte, stecken Sie die Waffen weg, meine Herren Soko-Polizisten – Sie haben alle mein Wort: Ich weiß, wovon ich rede, denn ich bin der Direktor vom Gärtnerplatz-Theater, ich protegiere diese französische Ausnahme-Schauspielerin aus der tiefsten Provinz, die sich in unserer schönen Stadt München Hoffnungen auf die Rolle ihres Lebens gemacht hat – leider vergebens!", rief Chronos in die Menge.
„Aber was nicht ist, kann ja noch werden, Sie wissen ja!".

Er stürzte zu dem gefallenen Engel hin, löste Aphrodite beim Beschwichtigen ab, beugte sich über Johanna, tröstete sie, indem er sie mit seiner hastig ausgezogenen und ihr übergeworfenen Jacke etwas vom Publikum abschirmte: „Komm, mein Kind, nicht weinen: Es wird alles wieder gut!".
Und weinend stürzte sich die sich langsam von den Knien erhebende Johanna in Professor Chronos´ Arme und schluchzte Berge von Tränenschluchten an seiner breiten Brust aus.

Die Partygäste lachten, denn viele hielten erkennbar das kurze Kabinettstückchen auch wieder nur für eine verabredete Show-Einlage.
Solcherart deklarierte es der ebenso herbeigeeilte Katz denn auch kurzerhand.

„Meine sehr verehrten Damen und Herren: Dies war zur Überraschung des Tages, extra für Sie und die im Fluss befindlichen Feierlichkeiten: Eine kleine Sondereinlage des überragenden schauspielerischen Könnens der französischen Nachwuchsschauspielerin Madeleine D´Albert aus Frankreich, vorgetragen von ihr persönlich, anlässlich ihrer Deutschland-Tournee: Ein Ausschnitt aus ihrem Glanzstück vom Pariser Elysée-Theater: „Die heilige Johanna von Orleans in der Zukunft". Für Sie dargeboten ein Ausschnitt aus dem Dritten Akt, der da lautet: „Johannas Versuchung durch den Teufel: Die heilige Raserei". In der Titelrolle: Madeleine d´Albert!"

Das Publikum klatschte wieder wie berauscht, alle gezückten Polizeiwaffen waren im Nu im steilen Sinkflug begriffen, wurden behutsam eingesteckt, worauf auch die Polizisten erleichtert Applaus spendeten, der Johanna aber noch mehr verwirrte.
Jedoch wurde sie schnell durch einen Theater-Kunstgriff, der raschen Camouflage, der gaffenden Menge entzogen, indem Demetrios Chronos und Harry Wohlleben sie ergriffen, und reichlich mit Alkohol aus einem hingestreckten Flachmann abfüllten, um sie an erneuter Randale zu hindern.
Fast mit Gewalt wurde ihr der Alkohol eingeflößt, wie einige entgeisterte Zuschauer mit Unbehagen quittierten.
Der echte Alien, Urzugoi Glubschovutt, hob diskret Johannas scharfes Schwert auf und steckte es sich sicherheitshalber an den eigenen Gürtel.
Die Partygänger lachten sich kaputt.

„Was wird das denn noch? Kriegen wir noch was Historisches geboten? Geht es gleich weiter mit einem neuen Akt?", fragte einer der Feiernden.
„Ja! „Die Heilige Johanna von München und der Alien"; das wäre doch der passende Stoff für ein neues Stück, was meint ihr?", fragte ein älterer Herr mit Anzug in die Runde.
„Gelungene Verquickung von Science-Fiction und Historie. Zugabe, Zugabe, Leute, wir wollen mehr!", brüllte der alte Herr lachend.
„Also, so etwas Verrücktes habe ich noch nicht erlebt", sagte der belgische Nato-Soldat fassungslos, der die Alkohol-Einflößungsszene zuungunsten von Johanna von Orleans gerade live miterlebt hatte und Harry und Demetrios daran hindern wollte, Johanna außer Sichtweite zu schleppen.
„He, wo bringen Sie meine Tanzpartnerin denn hin? Mit der stimmt doch was nicht, sie ist ganz melancholisch, das alles war gar nicht gespielt, wie Sie so eindringlich behauptet haben", brachte er energisch hervor, doch da wurde er von Aphrodite abgelenkt, die ihn am Ärmel fasste und ihn fragte, ob er nicht weiter mit ihr tanzen wolle.
„Kommen Sie, Madeleine passiert schon nichts, sie braucht nur etwas Ruhe. Sie hat sich in ihrem Kummer um die entgangene Rolle etwas übernommen".
„Aber…"
„Keine Angst, das sind alles meine Freunde, die sich um sie kümmern. – Kommen Sie, tanzen wir weiter", befahl sie energisch und riss den Belgier wieder in einem rasanten Wirbel ihrer lockeren Bewegungskunst mit, ehe er weitere Einwände erheben konnte.
Sie tanzten jetzt eifrig, denn am Neuen Seehaus am Kleinhesseloher See wurde deftig gefeiert, und die Lautsprecherboxen waren voll aufgedreht, während Harry und Demetrios unbemerkt die arme Johanna zurück in die „Apocalypsis" verfrachteten. Rings um sie spielten auch

noch mehrere Faschingskapellen auf, die sich gegenseitig an Lärm übertönten.

Die 302 verhafteten Beteigeuzeaner staunten und hatten sich in der Zwischenzeit zaghaft unter die angekommenen Konkurrenten von Aldebaran gemischt.
Zur spontanen Tarnung tanzten beide außerirdischen Gruppen zwischendurch immer wieder mit den Erdenmenschen, um nicht aufzufallen. Die Leute von Beteigeuze tanzten besonders engagiert mit ihren 1059 Geretteten, aber auch mit den 31 Erd-Überlebenden aus der „Aurora", die sich auch immer mehr unter den Riesenpulk ihrer geretteten Landsleute aus dem München des Jahres 8498 mischten, denn sie waren begierig danach, festzustellen, ob sich die vermuteten Verwandten unter den 1059 irdischen Leidensgenossen der Meteor-Katastrophe befanden, die noch gar nichts von dem Desaster wussten. Denn die 1059 Münchner waren ja von den herumstromernden 302 Beteigeuzeanern bereits einige Monate eher entführt worden, bevor die 31 letzten Überlebenden der Erde des Jahres 8498 in letzter Sekunde schließlich von den Aldebaranern aufgefischt worden waren.
Einige Münchner schrien entzückt auf, als sie sich überraschend wiederfanden.

Viele Polizisten mit ihren Handys am Ohr liefen schon seit geraumer Zeit aufgeregt hin und her, sprengten vereinzelt durch die Tanzgruppen, die sich verwirrt umblickten.
„Mensch: Gib mir doch mal schnell einen Spiegel! Hast du so was bei dir? Ich muss testen, ob meine Haut schon gealtert ist!", rief Aphrodite erschrocken aus, die sich mit dieser seltsamen Bitte an ihren belgischen Nato-Soldaten, ihren Tanzpartner, mitten im Lambada wandte.
„Was musst du? Wieso sollte deine Haut gealtert sein? Du spinnst ja wirklich, genau wie deine durchgeknallte

Schauspieler-Johanna-Freundin vorhin", erwiderte der vermeintlich Gefoppte wütend.
„Bin ich denn hier in einen Verein der Berufsbekloppten hineingeraten?", schimpfte er, auch maßlos enttäuscht von dem spleenigen Gehabe Aphrodites. Gab ihr aber doch einen Taschenspiegel.

Inzwischen hatte sich der „Aurora"-Kommandant, zusammen mit Professor Chronos, den er quasi im Schlepptau mit sich führte, erfolgreich an seinen Kollegen und Kontrahenten, Batoripuz Tofaxus, den Commodore von der „Apocalypsis", herangepirscht, den er endlich glücklich im Tanzgetümmel ausgemacht hatte.
Das Unwohlsein, das dem graugesichtigen Raumschiffkapitän vom Sternensystem Beteigeuze im Orion aus allen Poren zu sprießen schien, war ihm deutlich anzusehen, denn er beteiligte sich nicht an der lockeren Faschingsstimmung, sondern blieb mit einem handyähnlichen Sprechfunkgerät in ständigem Sprechkontakt zu seinen Leuten.
Da bemerkte Tofaxus zu seinem großen Schrecken Chronos und den Aldebaraner Glubschovutt.
Die beiden Außerirdischen musterten sich streng und gleichzeitig wehmütig.
Ihr Blick ließ erkennen, dass sie sich kannten: Der eine wusste, wer der andere war.
„Capitan!", sagte der Beteigeuzeaner und nickte demütig.
„Commodore!", erwiderte der silberhäutige, teilweise reptiliengesichtige Aldebaraner mit ebenso lakonischem Gruß.

„Keinerlei Falten, na, umso besser!", sagte inzwischen Aphrodite in unbekümmerter Abgeklärtheit, bar jeder Peinlichkeit oder jeglichen Schamgefühls ihrem Partner gegenüber, dem sie befriedigt den Spiegel zurückreichen wollte. Da stellte sie fest, dass dieser sich jedoch schon heimlich aus ihrer Gesellschaft davongemacht hatte, ohne sich zu verabschieden. Dafür hatte sie nur ein Schulterzucken übrig und steckte den Spiegel in ihre Seitentasche ein. Dann hielt sie Ausschau nach einem neuen Tanzpartner.

„Da haben Sie Ihren Formelräuber, Professor Chronos!", sagte Glubschovutt tonlos und stellte Tofaxus dem Professor vor.

„Oh, ich verstehe", sagte der Graugesichtige mit betretenem Lächeln.

„Tja - Sie sind das also ... Ich freue mich aufrichtig, Sie kennenzulernen, Professor. Ich habe mit Ihrem Erscheinen über kurz oder lang gerechnet. Sie waren das also, der wahre Formelbesitzer, damals in diesem kleinen Flugkörper mit den beweglichen Flügeln, den wir in die Zange genommen haben, bevor wir Ihnen schließlich die Formel abpressten?"

„Genau, Commodore Tofaxus. Zusammen mit meiner Tochter und einem weiteren Wissenschaftler. Doch meine Formel funktionierte nicht auf der „Aurora" meiner aldebaranischen Freunde, daher mussten wir Ihre „Apocalypsis" dazu kapern. Die Gelegenheit dazu war so günstig, weil das Schiff nach der Verhaftung und Wegführung Ihrer gesamten Besatzung zum ersten Mal total leer war", sagte der Professor lächelnd.

„Ah, so ist das also", sagte der Lakoniker von Beteigeuze.

„Raffiniert. Dasselbe hätte ich an Ihrer Stelle auch getan!", sagte der Graugesichtige lächelnd und verständnisvoll. „Sie haben sich auf subtile Art und Weise an uns für den Formelraub gerächt..."

„Danke, übrigens, dass Sie unsere 1059 deutschen Landsleute im Jahr 8498 gerettet haben", sagte Professor Chronos mit glücklichem Gesichtsausdruck.

„Wieso gerettet? Ich gebe ja zu, ich habe sie entführt ... Zu Studienzwecken!", gestand der Commodore mit niedergedrücktem Habitus.

„Das erkläre ich Ihnen später", sagte Chronos lächelnd.

„Sie sind mir also durch die Zeit, in die Vergangenheit gefolgt?", fragte Tofaxus.

„Hierher in das Erdenjahr 2015? Aber wie?"

„Ja. Zusammen mit Captain Glubschovutt und seiner gesamten „Aurora"-Besatzung", erwiderte Chronos.

„Und zusammen mit 30 deutschen Landsleuten", ergänzte er.

„Denn wir sind alle durch die Zerstörung unserer Erde heimatlos geworden".

„Ihre Erde ist zerstört worden? Wodurch?", fragte der Mann von Beteigeuze.

„Ein Riesenmeteor ist plötzlich aufgetaucht, und hat spontan eingeschlagen", erklärte Professor Chronos. „Er hat vermutlich alles Leben unserer Zivilisation vom Jahre 8498 ausgelöscht!"

„Meine Güte, das erklärt die gewaltigen Hitzemessungen, die Vorboten der Katastrophe, die wir auf Ihrer Erde schon vor Monaten gemessen haben!", erklärte Commodore Tofaxus. „Kurz, bevor wir Ihre 1059 Landsleute entführten!"

„Aha, Sie haben sich auch Gedanken darüber gemacht, warum es bei uns so ungewöhnlich heiß war, ich verstehe", sagte Chronos.

„Natürlich, der Bordcomputer hat es uns gemeldet; aber wieso konnten Sie hierher gelangen, in diese Zeit?

Das ist doch eigentlich unmöglich. Wie sind Sie und die Aldebaraner auf mein Schiff gekommen?"

Er lächelte und überlegte kurz. Dann sagte er: „Ja, jetzt kann ich mir denken, wie!"

„Kommen Sie, es eilt, wir alle hier müssen zurück auf Ihr Schiff, das jetzt dort drüben am Ufer steht", sagte der aldebaranische Kommandant zu seinem Pendant, dem Beteigeuze-Commodore.

„Wir müssen jetzt zusammenhalten, allesamt gemeinsam verschwinden, und zwar alle drei Völker: Erdenmenschen, Aldebaraner und ihr Beteigeuzeaner, ehe die deutsche Erden-Polizei Lunte riecht und alles durchschaut", drängte Glubschovutt.

„Denn dann ist der Teufel los, wie die Erdenmenschen sagen, - den Ausdruck habe ich von ihnen gelernt - weil dann Alien-Alarm gegeben wird, und dann drehen alle Leute vom Jahr 2015 durch. Und dann gibt es ein unbeschreibliches Chaos, weil die Erdenbewohner dieser Zeitepoche noch nie Aliens gesehen haben", erklärte der Aldebaraner seinem Kollegen.

„Die Polizei wuselt ja schon seit Langem unruhig hin und her, wie Sie selber sehen können. Noch hält sie uns Aliens ja lediglich für verkleidete Faschingsgestalten von der Erde, aber die Polizisten und Militärs sind deutlich erkennbar kurz davor, die Wahrheit zu ahnen", warnte Glubschovutt.

„Denn wir haben schließlich gewaltsam den Polizeikordon, der Ihr vermeintlich leeres Schiff am Chinesischen Turm umringt hatte, gesprengt, als wir Ihre „Apocalypsis" beherrschten und sie rasant schnell starteten, um hier am Kleinhesseloher See bei Ihnen zu landen", referierte der Aldebaran-Chef hastig.

„Was? Ach, ich glaube, ich verstehe!", röhrte der Beteigeuze-Chef.

„Wo ist Ihre Tochter jetzt eigentlich?", fragte Batoripuz Tofaxus den Professor.

Chronos schaute sich geschwind in der tanzenden und saufenden Menge um.

„Ah, dort vorn sehe ich sie!", sprach er geschwind.

„Sie tanzt gerade mit einem Polizisten, der offensichtlich seine Kollegen über Handy informieren wollte, dass wir nicht das Recht hätten, dieses merkwürdige Flugzeug vom Chinesischen Turm hierher an den See zu fliegen ... Das geht aus der fahrigen Gestik des Beamten eindeutig hervor:

Denn sehen Sie: Alle Ordnungskräfte sind ganz aufgeregt. Bestimmt haben die Soldaten vor dem Chinesischen Turm schon längst der Polizei hier durchgegeben, dass etwas Merkwürdiges mit diesem beschlagnahmten Flugzeug geschehen sei: Denn wie kann es sein, dass ein angeblich völlig leeres Flugzeug von allein startet? Das werden Polizei und Militär sich fragen, und uns bald auf die Spur kommen", referierte Chronos hastig.

„Sie sehen also: Wir müssen hier schleunigst weg. Sammeln Sie daher Ihre Leute ein. Wir lassen uns dann mit der „Apocalypsis" nach Ihrem Zuhause versetzen. Zu Ihrem Heimatplaneten im Orion. Ich muss nur noch die richtigen Koordinaten einstellen, die Sie mir dann geben müssten", beendete Chronos seinen Sermon.

„Wir können mit Ihrer Zeitformel nicht nach Hause gelangen. Wir können lediglich mit dem Zufallsgenerator in eine andere Zeit fliehen", widersprach der Commodore von Beteigeuze, „die wir nicht bestimmen können".

„Nein, ich habe Ihre Bordelektronik so modifiziert, dass wir den Zufallsgenerator ausschalten konnten; wir können uns jetzt mit Ihrer „Apocalypsis" in jedes beliebige, von uns gewünschte Raumzeitjahr versetzen lassen", erklärte ihm Professor Chronos lachend.

Der Commodore Tofaxus sah Chronos zweifelnd ins Gesicht. Es war deutlich zu erkennen, dass er ihm nicht glaubte.

Doch eine kurze Bestätigung seines Konkurrenten Glubschovutt brachte ihn zur Besinnung.

In diesem Augenblick spielte eine dynamisch Stimmung machende Karaoke-Band vor dem Neuen Seehaus zum Schlagerwettsingen für das Publikum auf.

„Kommen Sie, meine lieben Herrschaften und Herrschaftinnen, hahaha", begann der Conferencier die feierfreudigen Menschen in die richtige Stimmung zu

grooven. „Machen Sie mit beim fröhlichen Karaoke-Wettbewerb: Singen Sie sich und Ihre Lieben in die richtige Feierstimmung hinein und gewinnen Sie schöne Preise; der erste Preis ist ein zehntägiger Trip mit einem Spaceshuttle zur Venus, und der Gewinner des zweiten Preises muss nicht mitfliegen und darf zu seiner großen Erleichterung auf der Erde bleiben, hahaha… Dafür bekommt er von uns eine persönliche Begegnung mit einem echten Alien organisiert, inklusive Autogrammstunde mit dem Außerirdischen; für einen ganzen Tag darf er sich mit dem Wesen unterhalten; na – ist das nichts?", fragte der Conferencier lachend.
Die Menschen am See lachten auch, auch wenn sie nicht so recht wussten, worüber.

Da horchte einer der echten Aliens von den Beteigeuzeanern auf und lief lautstark protestierend zu dem Conferencier hin: „Aber das ist doch ein gigantischer Betrug am Volk, was Sie da versuchen, mein Herr. Denn im Jahre 2015 ist meines Wissens noch kein bemannter Venusflug mit einem Spaceshuttle möglich! Und die versprochene, persönliche Begegnung mit einem echten Alien ist auch ein Schwindel: Denn Sie können in dieser rückschrittlichen Epoche unmöglich mit einem Alien aufwarten! Sehen Sie sich also vor, liebe Parkbesucher, vor diesem Scharlatan, der Ihnen Potemkinsche Dörfer vorspiegeln will…"
Da wurde er von dem Aldebaraner Glubschovutt am Kragen gepackt und herumgedreht.
„Mann, machen Sie hier bloß keinen Aufstand! Sind Sie wirklich so blöde? Das war doch nur ein Witz von diesem Conferencier, der die Leute ein bisschen zum Lachen bringen wollte, Sie Komiker!", sagte der Raumschiff-Kapitän entnervt.
„Haben Sie das denn gar nicht geschnallt?"
„Das finden Sie also komisch? Was soll denn an dieser fadenscheinigen Ankündigung lustig sein, da die Erdlinge

ehe noch nicht zur Venus fliegen können? Und das auch wissen müssen? Können Sie mir das mal erklären?"
Das wäre ja gerade der Witz, meinte Glubschovutt aufgebracht über soviel Dummheit und ließ den Mann los.
Er fiel durch den Schwung zu Boden.
„Oder meinte der Ansager mit den echten Aliens etwa schon uns?", fragte der Mann am Boden und sah zu Glubschovutt auf. „Sind wir etwa schon erkannt worden?"
Ganz verstört sprang er wieder mit einem flinken Satz zu dem Aldebaraner hoch, und fasste ihn am Ärmel.
„Oh, jetzt verstehe ich alles: Hilfe, die Erdenmenschen haben uns schon erkannt! Kommen Sie, wir müssen sofort flüchten!", sagte der kleine, graugesichtige Hänfling und zerrte an dem Hünen, den er allerdings keinen Zentimeter vorwärts bewegen konnte mit seinem närrischen Gezerre.
„Mann, das darf doch einfach nicht wahr sein, jetzt seien Sie doch nicht so kindisch!", rügte der stämmige Glubschovutt wütend.
„Sie machen ja die Pferde scheu, Sie ruinieren noch unseren gesamten Fluchtplan – he, bleiben Sie gefälligst hier!", warnte er zornig, doch da war der Hänfling schon verschwunden, irgendwo in der Menge untergetaucht.

Aphrodite war die Erste, die sich geistesgegenwärtig als Kandidatin für den Karaoke-Gesangswettbewerb meldete, und das vom Moderator bereitgehaltene Mikrofon förmlich an sich riss. Wahrscheinlich wollte sie von der Gefahr ablenken, die durch die gerade zu Fuß eintrudelnden Wachsoldaten vom Chinesischen Turm drohte, die hastig ihre Kollegen am See bestürmten und auf das merkwürdige Schiff zeigten.
„Na, Sie haben es aber eilig, mein riesiges, junges Fräulein!", sagte der Karaoke-Moderator lachend, als er die dynamische Aphrodite dem Publikum vorstellte.
„Was möchten Sie denn singen?", fragte er schmunzelnd.
„Oh, darf ich das selber auswählen?", fragte sie keuchend.

„Aber sicher, singen Sie nur, was Sie wollen, die Band spielt dann automatisch die Instrumentalmusik dazu", sagte der Moderator freundlich. „Und man hört dazu nur Ihren eigenen Gesang".

„Gut, dann singe ich *„Amazing Grace"*; zu Deutsch: „Anmaßendes Gras"", sagte sie juxend.

Das Publikum lachte.

„Keine Angst: Ich rauche aber kein Gras dazu", versicherte sie kichernd.

Das Publikum lachte wieder und klatschte.

Der Moderator nickte anerkennend und lachte Aphrodite freudig an, und sagte: „Hey, das ist genau die richtige Stimmung, die wir hier brauchen, und unsere erste Kandidatin Aphrodite hier hat auch gehörigen Witz und reichlich Esprit dazu, weiter so!"

Und er peitschte die Publikumsstimmung zum weiteren Applaus-Klatschen auf.

Aphrodite brachte die Leute mit ihren Scherzen erst mal in Laune, um das Polizei-Chaos ringsherum zu kaschieren.

„Und ich werde zu meinem Lied auch kein Buch vom anmaßenden Günter Grass in die Kameras halten, seid also beruhigt, liebes Publikum, hier wird keine Schleichwerbung eingebaut", säuselte Aphrodite weiterhin verspielt in die Menge.

„Höchstens eine „Scheich-Werbung"", sprach ein vorlauter Feiernder, der sich ins Kamera-Bild schob, denn er war als arabischer Ölscheich kostümiert.

Lachend tapste ihm Aphrodite auf die Schulter, und das Publikum amüsierte sich prächtig.

Und los ging die Chose.

Während Aphrodite munter sang, rannten bereits einige Polizisten zu den beiden Alien-Chefs hin, die in ihren Augen lediglich grau und grünlich im Gesicht geschminkt wirkten.

„Oh je, gleich fliegt alles auf!", warnte der neben ihnen stehende Professor Chronos alarmiert.

„Wir müssen irgendwie, unter welchem Vorwand auch immer, alle diese 1090 Erdenmenschen sofort zurück in die „Apocalypsis" schleusen", sagte Tofaxus flüsternd zu Glubschovutt.
„Dafür ist es zu spät, wie ich fürchte", sagte der Aldebaraner-Kommandant.
„Da, sehen Sie?", fragte er tonlos und zeigte auf die anrückenden Ordnungskräfte.

„Hey, Sie beide dort in den Alien-Kostümen", fragte einer der Polizisten barsch.
„Sind Sie etwa für diesen Unsinn mit dem als Raumschiff umgebauten Flugzeug dort drüben verantwortlich?", fragte er die beiden Gestalten.
„Ja, das waren wir, Herr Kommissar, und es tut uns Leid", beteuerte Professor Chronos scheinheilig.
„Wir waren alle derart in ungehemmter Feierlaune, wie die altgriechischen Leierfaune – hahaha - dass wir noch rasch einen frischen Schwung neuer Partygäste aus Berlin hierher an den Kleinhesseloher See fliegen ließen mit dieser Alien-Maschine", gestand er verdrückst.
„Ich weiß, der Flug ist nicht angemeldet, das Ganze war ein Mega-Fehler, es tut uns Leid", ergänzte er.
„Eben. Sie dürfen hier nicht einfach so mit solch einem Ungetüm durch die Gegend flitzen, das kann gefährlich werden bei den vielen Menschen, war Ihnen das nicht bewusst?", fragte der Einsatzleiter der Polizei mahnend.
„Und Sie haben überdies keine Erlaubnis, damit zu landen: Weder am Chinesischen Turm, wo Sie vorher waren, noch hier am Neuen Seehaus, ist das klar?", mahnte ein anderer Uniformierter.
„Wie haben Sie das überhaupt geschafft, mit diesem Monster-Apparat hier ohne Landebahn niederzugehen? Das ist ja einfach unglaublich, na zumindest ist wenigstens nichts passiert! - Wahnsinn, so ein Gefährt habe ich ja

noch nie gesehen! Irgendetwas stimmt hier doch nicht?", fragte ein anderer Polizist voller Misstrauen.
„Wer von Ihnen hat dieses merkwürdige Vehikel überhaupt gesteuert?", fragten alle durcheinander.

„Ich war das", meldete sich der Aldebaraner-Chef, Urzugoi Glubschovutt.
„Und dieses Spezialflugzeug funktioniert wie ein Hubschrauber, daher die problemlose Senkrecht-Landung", betratschte der Alien munter den Polizeichef.

Harry Wohlleben und Demetrios Chronos hatten die betrunken gemachte Johanna während dieser dramatischen Ereignisse im Inneren des Beteigeuze-Raumschiffes getröstet und sie soweit ruhiggestellt, sodass sie nun friedlich den Schlaf des Vergessens schlief, und viele ihrer deutschen Landsleute folgten ihnen verwundert nach. Sie wollten wissen, warum das Schiff jetzt hier am See stünde.
„Wo zum Teufel sind wir nur gelandet? Wie geht es jetzt weiter? Wir sind entführt worden von diesen Aliens, aus unserem Jahrhundert weggeschleppt worden. Wie kommen wir zurück in unsere Zeit?", wurden Harry und Demetrios von mehreren der 1059 Landsleute mit Fragen bestürmt.
Hastig erklärten ihnen die beiden, dass man nicht ins Jahr 8498 zurückkönne, da ein Meteor die Erde zerstört habe.
„Aber wir werden jeden Einzelnen von Ihnen gerne in seinem Lieblingsjahr absetzen, wenn es sein muss", beeilte sich Harry zu versichern.
„Ja, am besten so um das Jahr 8000, wo die Erde noch lange heil bleibt, wenn Ihnen das recht ist", stimmte Demetrios seinem Freund zu.
„Durchaus in Ordnung. Denn alles ist besser, als mit diesen räuberischen Aliens weiterhin von einer Zeit in die andere zu jetten", sagte ein Verschleppter.
„Genau. Wenn ich nur an den wilden Kampf mit der Inquisition im Jahre 1431 denke, als wir Johanna von

Orléans dort befreiten", sagte ein anderer Verschleppter und deutete zitternd auf die Schlummernde.

„Und dann werden uns diese fremden Wesen von Beteigeuze doch am Ende unserer Odyssee durch die Zeiten bestimmt weiterhin zu ihrem Heimatplaneten in den Orion schleppen wollen. Denn sie haben uns ja nur zu dem Zweck eingefangen, um uns als Versuchskaninchen zu studieren", sagte eine andere verschleppte Frau mit Schaudern in der Stimme.

„Haben Sie keine Angst, meine Herrschaften. Wir werden uns mit den Formelräubern vom Sternensystem Beteigeuze schon einig werden", beschwichtigte Harry Wohlleben die erhitzten Gemüter.

„Sie brauchen ja bestimmt nicht alle 1059 Entführten; ich bin sicher, dass sich die 302 Formelräuber mit einem kleinen Teil der Menschen aus unserer Zeit zufriedengeben werden, denjenigen, die bestimmt gewillt sind, sich aus Abenteuerlust freiwillig nach Beteigeuze versetzen zu lassen", argumentierte Demetrios Chronos selbstsicher.

„Wahnsinn – wenn nicht gerade Faschings-Frohsinn die vorherrschende Daseinskategorie wäre, so würde ich bei Ihnen andere Saiten aufziehen", sagte der Polizeihauptmeister inzwischen kopfschüttelnd zu seinen beiden echten Aliens und zu Professor Chronos.

„Aber Sie müssen trotzdem mit uns zur nächsten Wache kommen, damit wir Ihre Personalien überprüfen können", bestand der Polizeihauptmeister auf seiner Forderung.

„Und dann verlangen wir, dass Sie uns Auskunft darüber erteilen, wo Sie dieses merkwürdige Flugzeug herhaben. Ist das etwa am Ende doch ein getarntes Militärflugzeug der Russen, das diese zu uns geschickt haben zu dem Zweck, uns hier alle im Englischen Garten mit einer Bombe in die Luft zu jagen? Antworten Sie!", verlangte ein hoher Militär in Uniform.

„Genauso ist es, Herr Wachtmeister; aber wir wollten eine Massenpanik vermeiden. Daher haben wir behauptet, es wäre ein harmloses Faschingsfahrzeug, als wir es zufällig vorhin am Chinesischen Turm entdeckt haben", versicherte jetzt Professor Chronos.

„Wir alle hier sind nämlich Wissenschaftler. Auch meine beiden Kollegen, die sich als Faschings-Aliens verkleidet haben, um keine Panik auszulösen. In Wahrheit spüren wir schon seit Wochen dieser geheimnisvollen Mega-Bombe nach, die wir nun endlich gefunden haben", vertraute der Professor den Militärs und den Polizisten im vertraulichen Flüsterton an.

Sowohl der graue, als auch der grüne Alien nickten eifrig zur Bestätigung.

„Und hierher an den Kleinhesseloher See haben wir das Flugzeug lediglich aus dem Grund verbracht, weil die Bombe darin hier bei einer eventuellen Explosion wahrscheinlich doch weniger Opfer fordern würde als vor dem Chinesischen Turm, der ja schließlich eine Hauptattraktion für Touristen darstellt", stellte Professor Chronos unmissverständlich klar.

„Aha, also doch eine Vergeltungswaffe der russischen Terroristen, die uns mürbe machen wollen, weil wir Putins Kriegskurs kritisieren und bekämpfen – ich habe es doch gleich gewusst!", belferte der Oberste Militär los, der sich aufplusternd in Positur warf, als wolle er gleich losschlagen gegen Unbekannt.

„Himmel – wir müssen die vielen Leute aus dem Flugzeug holen, ehe die Bombe hochgeht!", rief der Polizeihauptmeister mit Entsetzen aus.

„Das alles hätten Sie uns früher sagen müssen, Sie Unglücksmensch!", bellte der Militärchef Professor Chronos an.

„Aber nein, bloß keine Panik zwischen die Leute streuen! Wir müssen weiter so tun, als sei alles ganz harmlos", sagte Urzugoi Glubschovutt mit Entschiedenheit.

Commodore Tofaxus teilte eindeutig die Meinung seines Alien-Kollegen.
Die Polizisten keiften und wetterten aber weiter.

Da fing es unvermutet zu regnen an.

Dieser Umstand brachte es mit sich, dass alle draußen verbliebenen Feierbiester sich schleunigst das große Raumschiff als willkommenen Unterschlupf aussuchten. Zumal Aphrodite schon vor wenigen Minuten, nach glänzender Absolvierung ihres Karaoke-Liedes, frohgemut angekündigt hatte, sie würde es begrüßen, wenn ihr jetzt alle in das Faschings-Flugzeug folgen würden. Ein kühner Plan, den sie vorher ja schon spontan mit dem aldebaranischen Kommandanten verabredet hatte. Denn drinnen gäbe es noch viel mehr zu bestaunen: Herrliches Essen und noch bessere Musik und Klangakustik. Dazu herrliche Star-Trek-Attrappen! Und viel mehr Wärme, weil es draußen ja zu dieser Jahreszeit noch so kalt sei. Daraufhin war sie mit gutem Beispiel vorangegangen und stieg unter heftigem Applaus der Feiernden als Erste in die vermeintliche Raumschiff-Attrappe, die Aphrodite als hyperneue „Fliegende Disco von absoluter Weltklasse" deklarierte.
Diese List hatte es mit sich gebracht, dass schon vor Ausbruch des plötzlich einsetzenden Platzregens gut zwei Drittel der vielen Tausend Menschen am See in der „Apocalypsis" verschwunden waren und dort weiterfeierten.

Die Militärs und Polizisten gerieten natürlich jetzt erst recht vollends in Panik, als sie immer mehr Leute in das vermeintliche Bomben-Flugzeug steigen sahen, und versuchten nun mit allen Mitteln, die Leute mit schrillen Warnrufen und unter Pistolengefuchtel daran zu hindern.

„Halt, weg von dem Militärflugzeug! Sie rennen in Ihr Unglück! Da drin ist wahrscheinlich eine Bombe, die uns alle umbringen wird!", schrie der Hauptwachtmeister und rannte zum Neuen Seehaus hin, vor dem die Unglücksmaschine stand. Bei dem hohen Pegel an Feierlärm-Dezibel war es ihm jedoch kaum möglich, sich bei den Leuten Gehör zu verschaffen.

Dennoch hielten es die beiden Alien-Chefs für besser, die entfesselten Ordnungskräfte erst einmal ruhig zu stellen, damit diese nicht doch noch am Ende eine unnötige Massenpanik heraufbeschwören: Also zogen sie diskret ihre angeblichen Laserwaffen-Attrappen und betäubten die große Schar an Polizisten mit Schlafgas.

„Sehr gut, jetzt schnell zum Schiff!", rief Chronos apodiktisch.

„Der Regen hat uns einen einmaligen Vorwand geliefert, alle wichtigen Personen schnell wieder in den Raumgleiter zu locken", sagte er hocherfreut und sprang los, in Richtung „Apocalypsis".

„Leider auch viele unbeteiligte Erdenmenschen aus dem Jahre 2015, die mein Schiff ahnungslos als vorläufigen Unterstand vor dem Regen nutzen", beklagte sich Commodore Tofaxus verbittert.

„Sollen wir die etwa alle mit auf unseren Zeitreisetrip in die fernen Welten des Orion nehmen?", fragte er mit grunzendem Unterton.

„Was bleibt uns anderes übrig?", fragte der Kommandant der Aldebaraner schicksalergeben.

„Wir müssen nämlich sofort starten, ehe andere Polizeikräfte hier eintreffen und unseren Start vielleicht unmöglich machen, indem sie auf Ihr Schiff schießen lassen, verehrter Kollege! Und es dann unbrauchbar machen! Dann müssen wir alle eventuell für immer hierbleiben!"

„Kommen Sie, meine Herren Alien-Freunde", stürzte Professor Chronos zwischen den Zähnen hervor.

„Wir können es uns nicht mehr leisten, die vielen überzähligen Münchner der Gegenwart rechtzeitig aus dem Schiff herauszuklauben, das würde Stunden dauern", schrie er sich zu den beiden Aliens durch, nach denen er sich kurz, auf seiner Flucht in das Schiff, umdrehte und ihnen bedeutete, ihm endlich zu folgen.
„Aber das Schiff ist dann hoffnungslos überladen, für so viele Passagiere ist es nicht vorgesehen!", protestierte der Commodore von der „Apocalypsis".
„Nur wenn wir monatelang damit durch das Weltall düsen müssten", relativierte der Aldebaraner.
„Aber wir versuchen ja einen Zeitsprung – und das dauert nur den Bruchteil einer Sekunde!", versetzte er emphatisch.
„Wenn er gelingt!", schnarrte der Commodore von Beteigeuze mit mulmigem Gefühl.

„Er m u s s gelingen!", bekräftigte Kommandant Glubschovutt.
Endlich waren auch beide Aliens im Inneren des Raumgleiters.
„Denn ich empfange akustische Signale, dass ein Riesenpolizeiaufgebot hierher unterwegs ist", mahnte der Aldebaraner-Chef.
Er hatte sich nämlich eine Spezialbrille aufgesetzt, die einen Bildschirm vor das Auge seines Trägers projizieren konnte, und ihm akustische Signale direkt über den Schädelknochen ins Ohr leitete, beziehungsweise visuelle Signale vor die Augen.
Damit hatte er auch schon gesehen, als er sich noch draußen im Freien befand, dass Johanna von Orleans sich unbemerkt von ihrer Bettstatt im Schiff entfernt hatte und beunruhigende Symptome der Verwirrtheit zeigte.
Er lief sofort zu ihr hin.
Doch geschickt streckte die ihm Entgegenlaufende den Arm vor und entwand dem erstaunten Urzugoi Glubschovutt

wieder ihr Schwert, das dieser an seinem Gürtel verwahrt hatte.

Commodore Tofaxus´ Warnung kam zu spät. Da hielt Johanna schon ihre wichtigste Kampfwaffe gestreckt vor sich und drohte sich fuchtelnd den Weg frei; genauer gesagt: Sie drängte alle Widersacher mit schwungvollen Sprüngen und Scheinfinten zurück und stürmte mit einem heftigen Sprung aus der noch offenen Luke des Raumschiffs.

„Achtung, mein Commodore, lassen Sie sie nicht heraus, da draußen kann sie ein Gemetzel anrichten", warnte noch Tabrok, der Erste Offizier der „Apocalypsis".

Doch zu spät: „Hinweg mit euch, ihr verkleideten Wölfe im Schafspelz, willfährige Vollstrecker des Satans! Lange genug habt ihr mich geblendet mit eurem Hexenwerk, lasst mich heraus aus diesem höllischen Flugdrachen", höhnte und schwadronierte Johanna, Hiebe in die Luft fechtend.

Jeder sprang hastig zur Seite, um nicht verletzt zu werden von der Besessenen.

Schon war sie allen Zurückhalteversuchen erfolgreich entschlüpft, und sprang mit einem hurtigen Satz wieder nach draußen auf die Wiese.

Ein bisher gänzlich unbeachteter Partygast setzte ihr furchtlos nach und baute sich vor der Rasenden auf.

„Wer seid Ihr, dass Ihr es wagt, und Euch für bedeutend genug erachtet, mich aufhalten zu wollen?", plärrte Johanna schneidend durch den dürren Nieselregen, der in diesem Augenblick aufhörte.

Sie streckte ihr Schwert vor und bedrohte den Chevalier, der in seiner Faschingsuniform zufällig als ein solcher gekleidet war.

„Schießen Sie, betäuben Sie die Entfesselte mit Ihrer Laserpistole, bevor sie jemanden ernsthaft verletzt!", schrie der aldebaranische Kommandant seiner Wache zu, die sich endlich zu ihm durchgezwängt hatte.

Der Mann gehorchte und feuerte auf Johanna, traf aber versehentlich eine andere Frau, die in ihrem Feierkostüm angelaufen kam, um dem seltsamen Radau beizuwohnen. Lautlos sank sie zu Boden.
Viele Wachtposten aus dem Schiff waren Johanna inzwischen wieder ins Freie nachgelaufen und forderten sie auf, das blitzende Schwert sinken zu lassen. Sie ignorierte sie.
Schließlich antwortete der verkleidete Faschingsritter auf Johannas Frage: „Erkennt Ihr mich nicht, Mylady? Ich bin Euer historischer Widersacher, ich bin Beauchamp, Graf von Warwick, Euer Ankläger, der englische Adelige, der Ankläger des Geistlichen Gerichts, das Euch 1431 wegen Ketzerei zum Tode verurteilt hat, Mylady ... Aber das alles ist doch schon längst Geschichte! Wir beide verkörpern doch lediglich noch in unseren Faschingsrollen diese beiden tragischen, antiken Figuren, also legen Sie doch bitte Ihr Schwert nieder, schöne Dame", forderte der Mann gutmütig, „denn ich sehe, dass Ihnen offenbar Ihre heißersehnte Theaterrolle schon wieder zu Kopf gestiegen ist, weil sie Ihnen entgangen ist; und das ist nicht gut", schloss der Mann seine psychologische Betrachtungsweise.
„Jetzt erkenne ich Euch endlich – tatsächlich, Ihr seid es wirklich, Warwick, der englische Bluthund der Inquisition, die es gewagt hat, unsere Heilige Mutter Erde Frankreich zu besudeln durch ihre britischen Invasionstruppen und durch ihren hemmungslosen Eroberungsfrevel und grenzenlosen Machthunger", stieß Johanna wütend hervor und marschierte wieder mit gezücktem Schwert auf ihren vermeintlichen Widersacher zu.
Dieser wich erschrocken noch weiter zurück.

„Und Ihr wagt es noch, mir weiterhin zu folgen!? Selbst bis hierher in diesen unverständlichen, unterirdischen Höllenkreis der absoluten Hoffnungslosigkeit? Spart Euch Eure eitlen, stutzerhaften Reden und kämpft wie ein Mann

mit mir mit Eurem Schwert, damit ich Euch endlich zur Strecke bringe!", belferte Johanna los.
„Aber meine gute Kollegin, haltet ein, Ihr verkennt mich in Eurer Verblendung! Ich bin doch, genau wie Ihr eine französische, bloß ein deutscher Theaterschauspieler, ein Kollege also, der den Engländer Warwick nur auf der Bühne spielt", versuchte es der Schauspieler noch einmal im Guten.
„In Wirklichkeit heiße ich Thomas von Wistenberg".
„Außerdem habe ich gar kein Schwert bei mir, mit dem ich mich gegen Euch verteidigen könnte!", verteidigte sich der Schauspieler.
Und als Beweis streckte er gütig Johanna seine leeren Hände vor.

„Hört mich doch an, meine Muttersprache ist Deutsch, und wir leben im 21. Jahrhundert! Ich bin Schauspieler"; wiederholte er einfühlsam, „es ist ja wirklich ein drolliger Zufall, dass wir beide die Kostüme unserer Lieblingsrolle als Faschingsgewand für dieses Fest hier am See gewählt haben, aber das ist doch auch schon alles! Darum jetzt mal ernsthaft, ganz ohne Theatralik: Legen Sie doch bitte diese furchtbare Waffe weg, denn auch ich habe sehr wohl erkannt: Das Schwert da ist echt", deklamierte der Theaterschauspieler mit sanftmütigem Lamento, ganz so, als spräche er gerade einen Bühnendialog.
„Bevor noch jemand verletzt wird, bitte, legen Sie endlich die Waffe nieder!"
„Nein, Ihr seid der wahre Ketzer in diesem Höllenkreis des Hexenzaubers, in den wir beide hineingeraten sind", skandierte Johanna von Orleans wild und entschlossen, den Kreis zu schließen.
„Aber erkennen Sie denn immer noch nicht, dass Sie von einem pathologischen Wahn befallen sind, junge Dame?", insistierte der wohlmeinende Schauspieler resigniert.
„Sie benötigen dringend Hilfe von einem Psychiater!"

„Jetzt tun Sie doch endlich was! ... Halten Sie mir diese Durchgeknallte vom Leib!", verlangte der Schauspieler in der Bredouille lautstark von den angeblichen Polizisten, ohne den Blick von der entfesselten Johanna abzuwenden, die plötzlich immer forscher auf ihn zumarschierte.
Die Wachtposten der Aliens feuerten daher endlich mit ihren modernen Laserpistolen auf Johanna, um sie zu betäuben, doch keine Waffe funktionierte in diesem Augenblick mehr! Wirkung gleich Null. Sie überprüften ihre Waffen und drehten fachkundig an ihnen herum.
„Kommen Sie alle wieder rein, wir müssen jetzt endlich den Zeitsprung starten!", mahnte der Commodore durch die geöffnete Luke.

„Was wollen Sie denn alle hier mit diesen Star-Wars-Spielzeugpistolen?", fragte Thomas von Wistenberg fassungslos.
„Dieser Faschings-Schnickschnack kann doch nicht funktionieren – ja, allmählich glaube ich, ich träume mit offenen Augen", sagte der Schauspieler entgeistert.
Dann aber glaubte er plötzlich, endlich ein vom Fernsehen verabredetes Spaßritual durchschaut zu haben, und lockerte umgehend seine verkrampfte Haltung, indem er unter fataler Verkennung der bitteren Authentizität von Johannas Anklagerede groteskerweise in ihre Arme lief und befreit auflachte: „Ihr könnt euch den weiteren Rummel schenken, Leute: Ich weiß nun, was hier gespielt wird; hier steigt gerade eine große Verlade von der „Versteckten Kamera", nicht wahr?"
„Aber hübsch gespielt. Das muss ich wirklich zugeben!"
Und er lief ganz freiwillig in Johannas scharfes Schwert hinein, glaubte einfach nicht mehr an eine brenzlige Wende der Lage, hielt die Waffe plötzlich doch für eine Attrappe aus Plastik oder aus Gummi, bremste seinen schlanken Körper erst direkt vor der Schwertspitze ab. Johanna brauchte ihm die Waffe nur noch in die Brust zu rammen.

Und das tat sie nun auch mit viel Schwung! Die Leute aus dem Schiff schrien auf.
Der unglückliche Warwick-Darsteller in seinem letzten Freiluft-Engagement schwankte noch kurz hin und her, wobei er deklamierte: „Alle Achtung! Diese Frau ... kann nicht nur mit Blicken durchbohren!"
Und mit Elan zog die Kämpferin ihr Schwert wieder aus seiner Brust heraus.
Ein heftiger Blutschwall entströmte seinem gemeuchelten Körper.
Er glaubte wohl immer noch, selbst im letzten Augenblick seines fast ausgehauchten Schauspieler-Lebens, an eine geplante Gaudi seiner Mitmenschen vom Fernsehen. Und dass er gleich wieder aufstehen würde.
Doch er fiel in sich zusammen und blieb reglos im Gras liegen.

„Rache für mein geschundenes Frankreich!", schrie sich die echte Johanna von Orleans frei in ihrer Katatonie des Wahnsinns. Geistig befand sie sich immer noch, frenetisch zitternd, im fieberstarren Rächer-Modus und präsentierte dem erstarrten Volk stolz ihr blutiges Schwert.
„Johanna! Nein, was hast du nur getan?", wagte Aphrodite zaghaft den ersten stimmlichen Aufschrei des Entsetzens.
Sie lief der Unglücklichen entgegen, indem sie ihr aus dem Raumgleiter entgegen sprang.
„Bleib zurück, mein Schatz – sie wird auch dich töten!", rief ihr Vater ihr noch vehement nach.
Und tatsächlich bedrohte Johanna sogleich mit katatonisch verzerrter Fratze auch die gute Aphrodite, ihren rettenden Engel, die beschwichtigend die Hände gegen sie erhob.
Die Männer aus der Zukunft zielten erneut mit ihren Laserwaffen auf Johanna, um sie endlich zu betäuben, und diesmal drangen die Strahlenbündel tatsächlich endlich in ihren Körper ein und schickten Johanna zu Boden. Ihr Schwert fiel ins Gras.

Einige echte Polizisten aus dem Jahre 2015, die auch an Bord des außerirdischen Schiffes gelangt waren, waren wieder herausgesprungen und wollten Johanna festnehmen, doch die Alien-Soldaten hinderten sie daran und forderten sie auf, draußen zu bleiben und sich von dem Schiff zu entfernen.
Alles ging jetzt ganz schnell: Der extraterrestrische Sicherheitsdienst hob Johanna geschwind vom Boden auf und transportierte sie an Bord zurück.
Professor Chronos, der sich schon seit Langem startbereit in der Zeitschleuse aufhielt, besaß schon längst die Koordinaten für das Abtauchen des Schiffes in die zeitgenössische Zukunft der Fremden.
Alle Luken schlossen sich hermetisch und die „Apocalypsis" wurde unsichtbar für alle Zuschauer des magischen Disappearing Act, verschwand in einem Nebel der Ungewissheit.
Auch für die Besatzung verschwammen für einen bangen Augenblick alle Konturen im Inneren der „Apocalypsis" im Nichts, alles schien sich aufzulösen in einem dichten Dunst.
„Achtung, meine verehrten Passagiere, wir befinden uns gerade im erneuten Zeitversetzungsprozess, bitte haben Sie keine Furcht", ließ der graugesichtige Commodore mit der breiten Nase über die Bordsprechanlage verlauten.
Er stand neben Professor Chronos und Katz, die den Transfer-Prozess in der Zeitschleuse überwachten.
Am lautesten kreischten die vielen unfreiwilligen Passagiere aus dem Jahr 2015, die sich noch immer an Bord befanden, und die man, trotz großer Mühe, auch während des Intermezzos mit der Fechteinlage der Johanna von Orleans noch nicht wieder losgeworden war, weil nicht alle dem Aufruf des Commodore auf die Schnelle folgen konnten, schleunigst das Schiff zu verlassen. Denn viele ahnungslose Karnevalisten und Feiernde des Jahres 2015 waren bereits so betrunken, dass sie noch immer nicht

mitbekommen hatten, dass sie sich in einem authentischen UFO befanden, mit echten Aliens.
Allerdings hatten wenigstens rund neunzig Prozent von ihnen das Schiff verlassen und waren wieder auf Münchner Boden, wie der Aldebaraner Glubschovutt durch den Computer errechnen ließ.

„Hoffentlich lösen wir uns diesmal nicht für immer in Nichts auf, werden zu Sternenstaub zersetzt", gab Aphrodite zitternd der Befürchtung Ausdruck.
„Hey, halten Sie sofort dieses komische Flugzeug an, diese wahnsinnige Frau hier hat immerhin einen Mord begangen, wir müssen sie ins Gefängnis einliefern!", tobte ein zeitentrückter Münchner Polizist, der auch den rechtzeitigen Ausstieg aus dem Schiff versäumt hatte, und nun mitzukommen gezwungen war, in eine ferne Zukunft.
„Nein, sie gehört erst einmal in eine psychiatrische Klinik", widersprach ein Kollege.
„Oh – aber was ist denn das? Wir stürzen ab. Alle Gegenstände fliegen irgendwie wie wild durcheinander, es ist aus!", stotterte der erste Polizeibeamte.
Doch schon lichtete sich der Nebel wieder, die surrenden Betriebsgeräusche des Schiffes hatten aufgehört. Man befand sich im Stillstand. Die ganze Bordelektronik wurde wieder sichtbar, und alles war still.
Andächtig lauschten alle Insassen für einen Augenblick in die ehrfürchtige Stille des Raumes, in dem von Menschenmassen überladenen Raumschiff hinein.
„Wo wir uns jetzt wohl befinden?", fragte Professor Chronos.
„Hat der Zeitsprung in den Orion funktioniert?", fragte Aphrodite begierig den Commodore.
Batoripuz Tofaxus lächelte nur schwach.
„Jedenfalls sind wir jetzt woanders als in München, man hört gar nichts mehr", wunderte er sich.

Der Panoramabildschirm des riesigen Schiffes funktionierte auch wieder und blinkte hell auf.

Alle sahen eine futuristische Stadt mit unbekannten Gebäuden aus seltsamem Material, die alle überirdischen Glanz ausstrahlten und sich merkwürdig verbogen, verformten, und wieder zusammenzogen, so als wären sie aus Gummi.

„Oje, und was tun wir mit der hier?", fragte der eine Polizist, und zeigte auf die bewusstlose Johanna, die schlaff in seinen Armen hing.

„Und wo sind wir überhaupt?", fragte sein Kollege.

„Ich finde, jetzt geht der Scherz entschieden zu weit".

Er zog eine Pistole und bedrohte die beiden Alien-Chefs.

„Jetzt aber mal runter mit den Masken, für euch alle ist der Fasching jetzt vorbei! Und Sie öffnen jetzt sofort die Türen, und lassen uns endlich aussteigen, klar?", befahl der Polizist dem Ersten Offizier Tabrok.

„Ja, lasst uns mal raus an die frische Luft", forderten einige unerbittliche Feierbiester lallend und fingen an, Krawall zu machen.

„Habt ihr noch was zu trinken?", fragte ein anderer Karnevalist den Navigator von der „Aurora".

„Jetzt mal sachte, los, lassen Sie endlich die Türen öffnen", wiederholte der Polizist seine vorherige Aufforderung an den Commodore, und drückte ihm den Revolver auf die Brust.

„Sie wollen aussteigen? Aber bitte, meine Herrschaften, hier!", sagte der Erste Offizier und schwang einen Finger durch die Luft. Zischend öffneten sich die Hinter- und Seitentüren.

„Wir sind tatsächlich auf unserem Heimatstern im Orion gelandet", bestätigte der Commodore erleichtert.

Denn er erkannte das Wahrzeichen seiner Hauptstadt auf dem Panoramabildschirm.

„Sie sind ein Genie, Professor Chronos. Sie haben uns alle gerettet, dank Ihrer Formel!", sagte er mit dankbarem Blick, zu Chronos gewandt.
„Unser zielloses Reisen durch fremde Zeiten hat dank Ihrer Formel ein Ende gefunden!"
Dieser blickte gerührt zu dem graugesichtigen Hünen mit dem zwiebelartigen Gewächs auf dem Kopf auf.
Daraus erwuchsen dem Commodore Antennen, die sich wie Schneckenfühler ausstreckten und bewegten.
Alle stiegen mit großer Erwartung aus dem Raumschiff-Ungetüm aus.
Sie waren in einer überaus futuristischen Welt gelandet, wie sie erstaunt feststellten.
„Wachen Sie auf, Sie elende Tingeltangel-Schauspielerkreatur, Sie sind festgenommen", sagte der irdische Polizist barsch zu Johanna, die er durch grobes Geschüttel aus dem Schlaf weckte, und ihr Handschellen anlegte, während er sie gleichzeitig nach draußen zog.

Aphrodite Chronos zog elektrisiert ihren irdischen Pix-Pluster vom ALG, ihrem um die Hüfte geschlungenen „Allgemeinen Lebenserhaltungs-Gürtel", und zog mit Daumen und Zeigefinger an dem weißen Ladestab, um spontan die größten technischen Wunder dieser unbekannten, faszinierenden Zivilisation aufzunehmen, da passierte das Malheur: Der rüde Erdenpolizist kollidierte mit ihrem Pix-Pluster, und das Gerät krachte mit einem lauten „Patsch" auf den Boden, und knirschte mit einem trockenen Knackser beunruhigend sein Leben aus. Schnell und fluchend hob Aphrodite ihr Gerät vom Boden auf: Zwar war das Display nicht zersplittert, doch ließ sich zum Beispiel das Batch-Processing, der Stapelbetrieb, die stapelweise Verarbeitung von Daten, die während eines bestimmten Zeitabschnitts angesammelt worden waren, nicht mehr aktivieren, wie die bienenkorbbewehrte ex-Lady Barfuß von Stonehenge verbittert feststellen musste: „Hey!

Passen Sie doch auf, Sie Rowdy! Nun sehen Sie sich nur mal an, was Sie angerichtet haben, Sie Tollpatsch! Und lassen Sie gefälligst Johanna in Ruhe, Sie mieser Bullendarsteller!", fuhr Aphrodite den Polizisten an, und schlug ihm die Pix-Pluster-Sturzruine auf den Kopf. Dadurch ging knackend noch mehr in der Elektronik zu Bruch, als die Polizei erlaubt.

Der Ordnungshüter brach lautlos zusammen, während Demetrios geistesgegenwärtig seine Beute, die Heilige Johanna, auffing.

„Aphrodite, wie kannst du nur!", schrie ihre Mutter Miriam kreischend auf, doch Aphrodite war erst einmal mehr an ihrem maroden Pix-Pluster interessiert, den sie tüchtig durchschüttelte.

Doch es war nichts zu machen: Die Sturzruine war zu nichts mehr zu gebrauchen.

„Hey, der dumme Bullenzist hat meinen Pix-Pluster auf dem Gewissen", beschwerte sich die schöne Griechin nölend bei ihrem Verlobten, Harry Wohlleben.

Der nahm ihr das Gerät ab, untersuchte es.

„Du hast recht! Ausgerechnet jetzt musste das passieren, wo wir hier so viele technische Wunder aufnehmen könnten, schau nur die rotierende Silberkugel auf dem Glasgebäude dort am Ende der Straße!", sagte er traurig.

„Sie schillert in den fantastischsten Farben, die meine Augen je geschaut!", sagte er poetisch.

„Das Gerät ist hin, perdu!", sagte Harry entnervt nach kurzer Untersuchung.

„Ich weiß nicht, ob es hier im Orion so etwas gibt, aber wenn du Glück hast, kannst du diese Sturzruine hier höchstens noch über eBay als Nostalgie-Ikone der irdischen Vergangenheit versteigern lassen", meinte Harry versonnen.

„Ja, vielleicht kann man hier dafür übers Globalnet noch ein Vermögen ersteigern?", fragte er mit einer wohligen Mutmaßung.

„Denn hier auf diesem fremden Planeten stellt so ein Gerät bestimmt eine echte Antiquität dar!", sagte Harry elektrisiert und er tippte erregt sofort „PIX-PLUSTER El X 23458 am, Erde, Baujahr 8498" ins weiterhin funktionierende eBay-Suchfenster ein, bekam natürlich außerhalb der Erde keine Antwort auf dem Display.

„Sagt mal, habt ihr nichts Besseres zu tun, als diesen Kindereien nachzuhängen?", beschwerte sich Demetrios bei Aphrodite und Harry.

„Helft mit lieber, der armen Johanna die Handschellen abzumachen!", rügte er seine Schwester und ihren Freund.

„Und was soll mit dem armen Polizisten aus München geschehen, den wir gemeinerweise aus seinem Jahrhundert weggeholt haben?", fragte Miriam mitleidig, und beugte sich zu dem Verletzten hinunter, versorgte notdürftig seine Wunden.

„Wie konntest du das nur tun, Affenrohdite?!", klagte sie sich zu ihrer Tochter hoch.

„Der arme Mann tat doch nur seine Pflicht, weiter nichts!"

„Er weiß doch gar nicht, dass wir aus der Zukunft kommen, und kann es auch gar nicht wissen; und dass das hier die echte Johanna von Orleans ist", klagte Miriam weiter.

„Lass man, Mutter, dieser eklige Mensch hat hier keine Funktion mehr in dieser fernen Zukunft", erwiderte sie kalt.

„Hier wird kaum einer mehr Verwendung für seinesgleichen finden, er kann einpacken".

„Hier ist er nur noch ein einziger Anachronismus. Ein Relikt aus der Vergangenheit, reif fürs Museum", erklärte sie mitleidlos.

„Aphrodite, du Biest – so habe ich dich nicht erzogen!", rügte Miriam scharf, aber ihre Worte prallten kraftlos an ihrer Tochter ab, so als würde man ein wütendes, angreifendes Nashorn mit Sektkorken bewerfen.

„Und diese Wahnsinnige, die ihr da so unangemessen betütert, hat immerhin einen Menschen getötet!", wetterte Miriam Chronos gegen Demetrios und Aphrodite.

Da aber wandte sich Aphrodite gerade umso mehr der armen Johanna zu, und half ihrem Bruder beim Transport der noch halb Bewusstlosen, die Unverständliches murmelte.

„Ja, aber die Tötung fand in einer anderen Zeitzone statt", meinte Professor Chronos lapidar.

„Was spielt das für eine Rolle?", fragte Miriam empört.

„Genau. Außerdem war es kein richtiger Mord. Denn Johanna hat im Wahnsinn gehandelt. Sie ist daher als unzurechnungsfähig einzustufen!", dozierte Aphrodite gewitzt wie eine Anwältin.

„Und noch etwas: Für die arme Johanna geht der futuristische Albtraum hier in dieser Mega-Technik-Zeit erst so richtig los, wenn sie wieder wach wird, die Arme!", deutete sie die Zukunft voraus.

„Denn schaut doch nur einmal dorthin: Seht euch das bloß mal an! Alles hier auf diesem Stern scheint in dauernder, pulsierender Bewegung zu sein, sogar die Gebäude!", sagte Aphrodite erstaunt und zeigte auf einen riesigen, rotierenden Gebäudekoloss.

„Das kann ja nicht mal ich mental verarbeiten, geschweige denn Johanna!"

„Die Gebäude rotieren nicht direkt, sie balancieren eher", wurde sie da von dem freundlichen Commodore belehrt.

„Denn es sind mitdenkende Gebäude".

„Was tun sie?", fragte Aphrodite lachend.

„Denn damit gleichen sie die Erdbebenschwankungen aus, die hier ständig herrschen, sonst würden sie zusammenfallen", sagte der einheimische Mann vom Beteigeuze-Sternensystem.

„Ach, und ich dachte schon, wir befänden uns hier auf einem rollenden Bürgersteig", sagte die erschrockene Aphrodite kieksend.

„Aber nein, meine liebe Erdenmenschin, das sind ganz gewöhnliche Bodenschwankungen, seismische

Wellenbewegungen der Planeten-Oberflächenkruste, die Sie da unter Ihren Füßen spüren", berichtigte Batoripuz Tofaxus lächelnd ihren Irrtum.
„Oh, so ist das also!", sagte sie mit leicht hysterischem Gelächter.

„Dann vermute ich mal so ganz nebenbei, dass das dort drüben auf der leicht schwankenden Brücke auch kein Volksfest-Tanz ist, den die Einwohner dort vollführen?", fragte sie zitternd.
„Ja, die Einwohner tanzen auf der Brücke, wie lieblich!", rief auch Miriam lachend aus.
„Das haben Sie ganz richtig beobachtet", sagte Commodore Tofaxus amüsiert zu Aphrodite.
„Die Leute gleichen mit ihrem federnden Gang nur die Erdschwankungen aus, das ist auch schon alles bei dem ganzen Geheimnis", sagte er lächelnd.
„Mensch Meier! Wenn doch nur mein Pix-Pluster noch funktionierte. Dann könnte ich hier von alledem herrliche Aufnahmen machen!", rief Aphrodite wehmütig aus.
„Oh, dafür ist dieses uralte Vehikel gar nicht notwendig", sprach der Commodore geringschätzig.
„Solche sperrigen Geräte tragen wir schon lange nicht mehr mit uns herum. Sie sind längst abgelöst worden durch molekulare Computer und biometrische Sensoren, die mit der Welt um uns herum verwoben sind", erklärte er sachlich.
„Das ist ja einfach fantastisch, Herr Commodore", sagte Aphrodite erfreut.
„Und wie funktioniert das genau?"
„Schauen Sie sich doch um, liebe Irdische: Jeder Schritt, den wir machen, wird von einem Mini-Computer aufgenommen, auch die ganze Gebäudereihe mitsamt ihren Sehenswürdigkeiten, die Sie eben entlanggegangen sind", erklärte der Commodore liebenswürdig.

Er zog so etwas wie eine glitzernde Kette aus einem versteckten Winkel seiner merkwürdigen Kleidung hervor, und legte sie Aphrodite um den Hals.

„Da ist ein Superchip drin, der automatisch alles aufzeichnet, was Sie hier je erblicken: Ob Menschen, Einwohner von Beteigeuze, Flugkörper, einheimische Tiere, die unseren Weg kreuzen, oder Gebäude - alles wird darin abgespeichert – trillionenfach; für die Ewigkeit!", sagte er lächelnd.

„Und sie ist aus Padurmidium, stoßfest, hitzebeständig, nahezu unzerstörbar", sagte der Commodore mit nicht geringem Stolz.

„Oh, darf ich die behalten?", fragte Aphrodite voller Freude.

„Sicher. Ein Willkommensgeschenk", sagte Tofaxus.

„Und: Dürfen wir hier für immer auf Ihrem Planeten bleiben, wenn wir wollen?", fragte Professor Chronos den Commodore.

„Aber natürlich. So lange Sie nur wollen", bestätigte der Commodore.

„Was haben Sie eigentlich für eine Regierung?", fragte Katz begierig.

„Gar keine, das hier ist eine völlig herrschfreie Welt. Es gibt keine Regierung mehr, also auch keine Politik. Es gibt daher auch keinen Staat mehr, der verteidigt werden müsste. Der ganze Stern Beteigeuze ist ein einziger grenzenloser Raum ohne Ende. Ohne Gesetze. Ohne Kriege. Also auch ohne Hass oder Gewalt. Jeder Einwohner ist grenzenlos glücklich. So glücklich, dass es eigentlich nur noch einen regelrechten Zwang zum Glück durch den „Autonomen Glückskonzern" gibt", erläuterte der Commodore.

„Den was?", fragte Aphrodite leicht schockiert.

„Einer der Betreiber der Glücks-Server ist ein Freund von mir. Sie können ihn gerne mal kennenlernen, bei

Gelegenheit", bot Batoripuz Tofaxus freundlich seine Hilfe an.
„Dann lasse ich Ihnen vorführen, wie er arbeitet".
„Oder warum eigentlich nicht gleich?", sinnierte der graugesichtige Zwiebelträger nachdenklich.
„Kommen Sie, loggen wir uns doch gleich ein in die Online-Sektion des „Autonomen Glückskonzerns A.G.", und checken wir, ob mein Freund, der Betreiber des Haupt-Glücksservers, zufällig anwesend ist", schlug er vor.
„Denn das Glück können Sie hier bei uns in Bits erwerben, die sich in den Datenbanken der Glücks-Server befinden … Ja, Sie haben richtig gehört: Das Glück kann man bei uns in Portionen kaufen, bitweise erwerben, pachten oder günstig weiterverkaufen. Dann wird es Ihnen direkt in Ihr Hirn implantiert. Sie können dann gar nicht anders, als grenzenlos glücklich zu sein. Soweit sind wir hier schon. Aber all das erkläre ich Ihnen noch", versicherte der Commodore treuherzig.
„Aber … Dann hat man doch überhaupt keinen freien Willen mehr als Mensch, wenn das Gehirn derart manipuliert wird durch einen Chip!", sagte Aphrodite entsetzt. „Damit will ich nichts zu schaffen haben, danke, ich verzichte!", sprach sie unbehaglich laut. „Denn ich möchte schon ein freier Mensch bleiben und jederzeit Herr über meine Sinne und Gefühle sein … Von Zeit zu Zeit möchte ich auch durchaus schon mal laut werden, und meinem Zorn Luft machen, wenn mir was nicht passt, oder gegen den Strich geht", sagte Aphrodite empört. „Und dabei kann mir zwangsweise implantiertes, immerwährendes, künstliches Glück nur hinderlich sein", schimpfte sie los und sah Batoripuz Tofaxus tadelnd an.
„Ja, da hast du ausnahmsweise mal recht, meine liebe Affenrohdite, ich denke genauso", sagte Miriam zu ihrer Tochter und schüttelte sich vor Grausen. „Denn wenn man immer nur glücklich ist … Wenn man also niemals die traurigen, dunklen Seiten des Lebens kennenlernt, dann

kann man als Mensch ja bald gar nichts mehr richtig empfinden, dann stirbt der Geist ab, vegetiert dahin wie ein kranker Baum, der schon halb morsch ist ... Dann ist man nur noch eine Maschine ohne eigenen Willen, ohne eigene Wünsche, nur noch von einer Fremdmacht ferngesteuert, wie ein Roboter, schlimmer noch als unser Robbie: Der hatte wenigstens noch einen eigenen Willen, war auch mal störrisch, weil er sich eine eigene Persönlichkeit herausgebildet hatte – trotz seines blechernen Maschinenseins", seufzte Miriam sehnsuchtsvoll und sah den Commodore strafend an.
Dieser ließ sich von der Kritik nicht beirren und lächelte fröhlich.
„Aber, aber, meine lieben, schönen Erdenmenschinnen: Niemand zwingt Ihnen das Glück auf, ich kann Sie gut verstehen, das alles ist ja noch ganz neu und unverständlich für Sie", versuchte der Commodore die Frauen zu beruhigen.
„Äh? Haben Sie übrigens vorhin eben gesagt: „Autonomer Glückskonzern *A.G.*"?", fragte Harry Wohlleben vorsichtig nach.
„Ja, habe ich", bestätigte Tofaxus gemütlich.
„Ist was damit?"
„Also doch so etwas wie eine Aktiengesellschaft, doch etwas Kapitalistisches, Eigennütziges, ein menschenverachtender Ausbeuterverein, etwas, was im Extremfall auch zum Krieg führen kann, zum Krieg der Konzerne zumindest?", fragte Harry mit verdruckster Miene.

„Und Kriege haben Sie hier doch angeblich nicht mehr in dieser hyper-virtuellen Welt?"
„Aber nein", wischte der Commodore lachend den Einwand fort.
„Das haben Sie völlig missverstanden. Der Nachsatz „*A.G.*" ist lediglich die Abkürzung für „Allumfassendes

Glücksgefühl", meine Freunde", sagte er strahlend.
„Ah so. Auf Glück scheinen Sie ja hier enorm viel Wert zu legen", meinte Professor Chronos versonnen.
„Sie etwa nicht?", war des Commodore etwas trockener Rückfragekommentar.
„Moment mal", wandte Aphrodite plötzlich ein.
„Wenn Sie angeblich keine Kriege mehr in Ihrem Sternensystem führen, wieso hat uns dann Ihr Kollege hier, Kommandant Glubschovutt von der „Aurora", nach unserer Rettung, durch Aufnahme von uns 31 Gestrandeten
in seinen Raumkreuzer, erzählt, Ihre beiden Völker, die Aldebaraner und die Beteigeuzeaner hätten noch vor kurzer Zeit Krieg um eine umstrittene Planetengruppe geführt, die von beiden Völkern beansprucht wird?", fragte sie misstrauisch.
„Das ist richtig. Aber ich sagte lediglich, dass wir hier auf unserem Stern Beteigeuze im Orion nie Kriege geführt hätten"; berichtigte der Commodore.
„Daher lagerten wir Kriege stets in den sternenfreien Außen-Raum aus, den dunklen Leerraum zwischen den Sternensystemen, den Weltraum, wo sich unsere Flotten tatsächlich einst kriegerisch gegenüberstanden. So kam nie einer der Planetenbewohner zu Schaden. Nicht ein einziger Aldebaraner oder Beteigeuzeaner ist jemals bei den Flottenkämpfen im Weltraum getötet worden. Aber auch das ist alles schon lange vorbei", bekräftigte Batoripuz Tofaxus.
„Genau. Das Glück, das auch unser oberstes Gesetz ist, lassen wir uns durch solche nichtigen Lappalien nicht vermiesen", sagte auch Urzugoi Glubschovutt mit viel Überzeugung in der Stimme zu Aphrodite.
Sie erschrak gewaltig.
„Wollen Sie damit etwa andeuten, dass auch Ihr Volk, die Aldebaraner, mit solch einem Glückschip beglückt werden wie die Leute von Beteigeuze?", fragte sie entsetzt.

„Absolut nicht! Wir Aldebaraner führen sowieso ein ständiges Glücksgefühl mit uns herum, weil es uns von unserer Wesensart her angeboren ist", behauptete Urzugoi Glubschovutt.
Jetzt sahen alle Erdenmenschen auch ihren aldebaranischen Freunden mit gewisser Skepsis ins Gesicht.

An einer belebten Kreuzung wurde die kleine Truppe von einem schwebenden Luftkissentaxi abgeholt und wie zu einer Sightseeing-Tour herumgefahren.
Auch Johanna von Orleans befand sich im Gewahrsam der sich automatisch dem Körper anpassenden Sitze, die sich bequem um die Sitzenden schlossen wie ein Druckverband. Durch eine Art schäumende Styropormasse wurde man bequem festgezurrt. Die Zeitentrückte staunte nicht schlecht, als sie die lumineszierenden Gebäude betrachtete und fliegende Taxis und biegsame, sich durch den Luftverkehr schlängelnde Zeitschiffe auf Strahlentrassen.

Der Commodore inzwischen berührte eine Antenne seines Zwiebelgewächses auf dem Kopf und loggte sich wie versprochen in die Datenbank des Glückskonzerns ein, und übertrug alles auf seine Handfläche, die die Daten an den Himmel übertrug, für alle lesbar. Doch leider in der Schrift von Beteigeuze.
„Alles in Ordnung, meine Freunde", sagte der Commodore befriedigt.
„Morgen schon können wir einen Besuchstermin bei der Glücks-AG wahrnehmen, wenn Sie wollen".
Alle erwiderten, sie wären schon sehr gespannt darauf.
„Auch hier in dieser neuen, höllischen Welt denkt jeder Mensch nur an Karneval! Wie eigensüchtig!", würgte Johanna angewidert ihren ersten trockenen Kommentar hervor.

„Himmel und Hölle! Wir haben ja völlig unsere eiserne Jungfrau von Beteigeuze hier vergessen", sagte Professor Chronos bestürzt.
Aphrodite lachte bedrückt.
„Passt bloß auf, dass sie nicht noch einen von uns mit ihrem Schwert durchbohrt", riet sie flapsig ihrem Anhang.
„Denn das möchte ich dann doch nicht, dass so ein antikes Schwert plötzlich in einem meiner Verwandten feststeckt", gluckste Aphrodite frivol. „Denn dann könnten wir es auf einer hiesigen Auktion nicht mehr als neu verkaufen, wenn es beschädigt worden ist durch Blut und Knochenmark", juxte sie frivol und zynisch.
„Also bitte, Aphrodite! Ich finde das überhaupt nicht komisch", rügte ihre Mutter Miriam.
„Ich doch auch nicht, Mutter", erwiderte Aphrodite patzig.
„Ich will halt nur verhindern, dass Johanna dann auch noch hier auf diesem Stern straffällig wird, und in den Knast wandert", sagte sie auf ruppige, fürsorgliche Weise.
„Was soll jetzt eigentlich mit ihr geschehen?", fragte Aphrodite den Commodore, mit Blick auf die verstörte Johanna, die in ihrem Sitz festgeschnallt war wie ein verschnürtes Paket.
„Wird sie auch auf Ihrem Stern hier wegen der Tötung des irdischen Schauspielers verurteilt?", fragte Aphrodite ängstlich.
„Warum sollte sie? Was gehen uns Delikte aus einer anderen Zeitzone an?", antwortete Commodore Tofaxus geringschätzig.
„Außerdem war es ja kein Mord, wie Sie schon festgestellt haben, meine irdischen Freunde, sondern eine begreifliche Affekthandlung aus einer Wahnvorstellung heraus", ergänzte er.
„Das Ganze wird vom Hohen Weltraumrat von Beteigeuze nach kurzer Beratung in Kürze als Unglücksfall ad acta gelegt werden", sagte der Commodore im Brustton der Überzeugung.

"Wie aber soll sie hier überleben, in einer Welt von Technik überladen?", fragte Professor Chronos.
"Ja, wo so ganz andere Gesetze und Wertvorstellungen gelten als in ihrem fernen Jahrhundert?", fragte nun auch Aphrodite skeptisch und seufzte.
"Das wird sich schon finden", meinte Tofaxus lakonisch.
"Sie gibt daher für unsere Wissenschaftler ein besonders interessantes Studien-Exemplar ab", sagte Tabrok, der Erste Offizier der "Apocalypsis".
"Genau wie auch alle anderen Menschen hier aus den beiden vorgeschichtlichen Zeitzonen", bestätigte der Commodore.
"Oje, ich habe es ja geahnt: Sie wollen uns also doch wie seltene Tiere unter der Lupe begutachten", jammerte Aphrodite voller Kummer.
"Aber nein. Wir wollen Sie nur interviewen und Ihre Lebensgewohnheiten studieren!", behauptete der Commodore steif und fest. Wie zuvor schon der Captain der "Aurora".
"Sie alle sind lediglich für unsere Historiker und Zeitforscher interessant".
Doch die verstörten Mienen der vielen Deutschen taten kund, dass ihm keiner glaubte.

"Nach welchen Kriterien berechnen Sie eigentlich die Zeit hier oben?", fragte Professor Chronos interessiert.
"Welches Jahr haben Sie hier eigentlich gerade?"
"Wenn wir von Ihrer Zeitrechnung ausgehen, herrscht bei uns natürlich dasselbe Jahr, aus dem Sie, die 1090 von uns vor dem Weltuntergang geretteten Erdenmenschen ja auch alle kommen, nämlich 8498", sprach der Commodore.
"Denn wir drei Völker kommen ja alle aus derselben Zeitepoche; das gilt für Aldebaraner, Beteigeuzeaner und Erdenmenschen gleichermaßen. Wir sind ja alle Zeitgenossen. Mit Ausnahme von Johanna von Orleans und unseren unfreiwilligen Passagieren vom Erdenjahr 2015

natürlich. Aber natürlich haben wir hier eine andere Zeitberechnung – da haben Sie schon recht: Nach unserer Festlegung ist es übrigens gerade das Jahr 1910".
„Kurios. Ausgerechnet dasselbe Jahr, das ich mit meiner Zeitreiseformel zuallererst besuchen wollte, das ist ja wirklich ein drolliger Zufall!", sagte der Professor mit leisem Gelächter.
„Ja, aber natürlich ist unser Beteigeuze-1910 unendlich fortgeschrittener als Ihr damaliges Erden-1910, wo Ihr berühmter Halley-Komet auftauchte, wie Sie ja eindeutig bezeugen können" sprach Batoripuz Tofaxus.
„Ach ja, mein großes Ziel, der Komet – und Mark Twain", sagte Professor Chronos mit einem sehnsüchtigen Seufzer.
„Aber dank Ihrer Gastfreundschaft von Beteigeuze, Ihrer uns überlegenen Raumschiff-Technik und meiner Formel werde ich jetzt so bald wie möglich die Kometen-Sightseeing-Tour nachholen, wenn ich mich etwas ausgeruht habe", sagte Professor Chronos voller Eifer.
„Denn ab jetzt können wir ja problemlos mithilfe der „Apocalypsis" in jedes beliebige Zeitjahr aufbrechen und danach wieder überall hin zurückkehren."
„Ja eben", gurrte Aphrodite fröhlich, „unsere Gastgeber könnten uns dann doch mit ihrer „Apocalypsis" auf unserer Erde absetzen und dort dauerhaft belassen, nachdem wir uns in einen irdischen Zeitabschnitt unserer Wahl versetzen ließen".
„Ja, es müsste uns nur ausreichend Zeit bis zum Einschlag des Meteors bleiben", bestätigte Harry Wohlleben.
„Genau", sagte Demetrios.
„Wir könnten uns dann ja ungefähr im Jahre 8400 niederlassen. Dann blieben uns noch 98 Jahre bis zur Weltkatastrophe", sinnierte er.
„Ja, und wir hätten gleich auch noch den technologischen Anschluss gefunden. Wären nicht zu weit entfernt vom neuesten, technischen Fortschritt", überlegte Aphrodite mit fröhlichem Materialismus.

„Denn das Jahr 8400 wird ja kaum wesentlich unmoderner sein als 8498. Und wir werden kaum rasch nachaltern", sagte sie befriedigt.

„Nein, das geht nicht, Kinder!", sprang da warnend Professor Chronos in die Bresche.

„Denn eure Kinder und Enkel würden in diesem Jahr kurze Zeit später schon in die Katastrophe mit hineinwachsen, habt ihr daran nicht gedacht? Alle würden wahrscheinlich dabei umkommen. Daher müssen wir ein viel früheres Jahr wählen: 8000! Oder besser noch: 7000", warnte er nachdrücklich.

„Oh ja – du hast natürlich recht, Papa!", sagte Aphrodite seufzend.

„Dass ich daran nicht gedacht habe..."

Da drehten sich alle nach Harry Wohlleben um, der so schweigsam und schicksalhaft den Kopf sinken ließ.

„Was hast du denn auf einmal, Harry? Ist etwas los?", fragte Aphrodite erstaunt.

Da sah Harry trüb zu seinen Zeitreisegefährten auf.

„Ich würde ganz gerne erst einmal die Meinung vom Commodore erfahren, was er zu unseren weiteren Zeitreiseplänen zu sagen hat", sagte er düster und sah Batoripuz Tofaxus scharf an.

Alle schauten bestürzt zu dem Commodore hin.

„Wie meinst du das, Harry?", fragte Aphrodite bedröppelt.

„Ich fürchte, er wird etwas dagegen haben, dass wir uns mit unserer Zeitreiseformel in ein anderes Jahrhundert auf und davon machen, das er dann nicht mehr unter seiner Kontrolle hat", gab Harry seine Befürchtung preis.

„Habe ich recht, Herr Commodore?", fragte Harry Wohlleben kaustisch.

„Sie haben leider völlig recht, Herr Wohlleben", gab der Commodore widerwillig zu.

„Ich kann leider in der Tat keinen von euch Erdenbewohnern mehr mit Professor Chronos´

Zeitreiseformel in eine ungewisse Vergangenheit abtauchen lassen. Denn bald schon wird die Formel dann von den Erdenbewohnern des Jahres 7000, das Sie sich beispielsweise als Niederlassungsjahr auswählen, abgekupfert werden, und dann sind selbst wir hier auf unserem Riesenstern Beteigeuze bald schon nicht mehr unseres Lebens sicher, wenn alle uns aus der Vergangenheit beliebig heimsuchen können. Denn dann werden uns ja auch eines Tages Horden von Flüchtlingsschiffen in unsere Zeitepoche mittels Zeittransfertechnik nachfolgen, wenn es wieder soweit ist, dass die Erde des Jahres 8498 kurz vor ihrer Zerstörung steht: Durch Ihren Riesenmeteor!", warnte der Commodore düster.

„Das ist schon wahr, Commodore. Aber was macht das schon aus?", fragte Professor Chronos mit scharfem Protest. „Denn auf Ihrem Stern Beteigeuze ist doch unendlich viel Platz für unendlich viele Flüchtlinge, bedenken Sie das bitte! Die Erde ist verschwindend klein, verglichen mit den gigantischen Ausmaßen des Riesensterns Beteigeuze! Ihr Sternensystem ist Milliarden, ach, was sage ich: Trillionen mal größer als die Erde!", sagte Professor Chronos aufgebracht.

„Genau. Also blüht uns jetzt doch das Leben unter der Käseglocke, oder im Goldfischglas, was uns unsere Retter von Aldebaran immerhin großzügigerweise ersparen wollten", jammerte Aphrodite traurig.

„Unser Angebot gilt selbstverständlich weiterhin: Sie können jederzeit anfangen, sich in unserem Sternensystem Aldebaran anzusiedeln, wie wir es Ihnen versprochen haben", verteidigte Urzugoi Glubschovutt vehement seine Ideologie von der friedlichen Ko-Existenz von Menschen und Aldebaranern.

„Auf einem fruchtbaren Planeten Ihrer Wahl, bis Sie aus den Resten Ihrer 31-Mann-Urbevölkerung eines Tages, nach ein paar Jahrhunderten, sich wieder ein neues Volk

aufgebaut haben", bekräftigte der Kommandant der „Aurora" noch einmal sein Gelöbnis.
„Doch ich fürchte, mein Konkurrent, der Commodore, der jetzt alle Erdenmenschen aus drei Epochen in seiner Gewalt hat, wird auch meinen Plan unterbinden", sagte er ärgerlich. Ausdruckslos wurde er da von Commodore Tofaxus angestarrt.

„Dabei haben die Beteigeuzeaner es nur uns Erdenmenschen und den Aldebaranern zu verdanken, dass sie schnell und problemlos in ihre eigene Zeitepoche zurückkehren konnten, hierher ins Jahr 1910!", rügte Professor Chronos scharf den Commodore.
„Wir sind Ihnen auch sehr dankbar, dass Sie Ihre Formel so selbstlos für unsere Zwecke eingesetzt haben, Professor Chronos, glauben Sie uns", beteuerte der Commodore.
„Aber wir machen Ihnen dafür auch fast das gleiche Angebot, das Sie von Kommandant Glubschovutt unterbreitet bekommen haben: Alle Erdenmenschen dürfen statt auf Aldebaran einen Heimatplaneten auf Beteigeuze zur Besiedlung auswählen, das ist der ganze Unterschied. Mit völliger Autonomie und Selbstverwaltung. Mit Bergen, Seen und Flüssen! Und bei der Partnerwahl haben Sie jetzt sogar viel mehr Auswahl: An die 2000 Menschen, statt simpler 31! Na, das ist doch auch ein Angebot, oder nicht? Und: Ihre Lebenserwartung ist auch hier oben bei uns auf Beteigeuze mindestens um das Zehnfache gestiegen – machen Sie sich also keine Sorgen!", rief er etwas herrisch auf seine neuen Untertanen herab.
„Denn wenn Sie sich im Jahre 7000 oder 8000 auf Ihrer Erde ansiedeln wollen, dann haben Sie dort ungefähr nur noch die doppelte Lebenserwartung", dozierte er mürrisch.
„Na, was sagen Sie dazu?", fragte der Commodore erwartungsvoll in die große Runde in dem riesigen Luftkissentaxi, das gemächlich weiter seine Runden durch die Hauptstadt drehte.

„Was gibt es da noch zu überlegen?"
Keiner sagte etwas.
Denn keinem Erdenmenschen stand plötzlich mehr so recht der Sinn nach den Naturschönheiten oder den technischen Errungenschaften dieser an sich wirklich imponierenden Welt.
Alle schauten sehr deprimiert drein. Vor allem Johanna, die kein Wort verstand.

„Und wenn Ihnen das alles noch nicht reichen sollte, dann holen wir mit Professor Chronos´ Zeitreiseformel halt noch weitere Menschengruppen aus Ihrem eigenen Jahrhundert zu Ihrer Gesellschaft hierher. Eine zusätzliche Million Menschen, wenn es sein muss! Menschen, die gleiche Ansichten haben wie Sie, und dieselben Erinnerungen und Wertvorstellungen wie Ihre Rasse".
„Entführen, meinen Sie!", nölte Aphrodite.
„Und uns 566 Aldebaraner wollen Sie dann natürlich auch hier behalten, vermute ich?", fragte Glubschovutt düster.
„Damit wir zu Hause von Ihren Plänen nichts verraten, oder?"
Tofaxus schwieg.
„Wir werden dann aber fehlen auf Aldebaran, und man wird unser Fehlen auch bemerken. Und dann kriegen Sie halt anderen Ärger", prophezeite Glubschovutt dem anderen Raumschiffkapitän.
„Aber dann habe ich wenigstens nur Ärger mit einem Sternensystem. Statt mit vielen unberechenbaren Zeitepochen", sagte der Commodore.
„Wir hätten doch lieber mit unseren 31 geretteten Erdenmenschen aus dem Jahr 8498 sofort nach Aldebaran zurückfliegen sollen, auch wenn die Reise dann 128,9 Tage gedauert hätte", sagte der Kommandant der „Aurora" voller Bedauern zu seiner Mannschaft und zu Aphrodite.

„Ja, statt den undankbaren Leuten von Beteigeuze im Jahr 2015 erst einmal aus der Patsche zu helfen", stimmte auch Aphrodite in den Klagechor ein.

„Ich warne Sie: Wenn Sie uns 566 Aldebaraner hier behalten, dann kann aber der Krieg zwischen Aldebaran und Beteigeuze jederzeit wieder ausbrechen", erinnerte Urzugoi Glubschovutt seinen Kontrahenten.

„Denn wir haben bisher lediglich einen brüchigen Frieden zwischen unseren Planetensystemen hervorgebracht. Wollen Sie das alles leichtfertig aufs Spiel setzen? Wegen ein paar lausigen Gefangenen mehr?", mahnte er nachdrücklich.

„Nein, natürlich nicht!", sagte der Commodore dann doch resigniert.

„Also gut: Sie können nach Aldebaran zurückkehren".

„Selbst wenn Sie jetzt die Zeitreiseformel von Professor Chronos in Ihre aldebaranische Raumschiff-Technik einzubauen imstande wären – immerhin besitzen beide unsere Völker dann die Formel, und das Gleichgewicht der Kräfte wäre dann wenigstens wiederhergestellt", sagte der Commodore resignierend.

„Nein, wir können ja mit der „Aurora" immer noch keine Zeitreisen unternehmen, auch nicht mit meiner Formel - erinnern Sie sich nicht?", beteuerte Professor Chronos nach wie vor.

„Ich habe es ja tagelang probiert. Die Formel funktionierte nur auf Ihrer „Apocalypsis", Herr Commodore", sagte Chronos wahrheitsgemäß.

„Jetzt aber sogar ohne den Zufallsgenerator. Auf einem aldebaranischen Raumkreuzer dagegen können wir bisher noch nicht einmal Zeitreisen mit einem Zufallsgenerator unternehmen, geschweige denn, ein gezieltes Jahr ansteuern; seien Sie also unbesorgt", versicherte er.

„Die Beteigeuze-Technik also ist der aldebaranischen bisher noch um einige Entwicklungsstufen überlegen".

„Und das wird wahrscheinlich auch noch geraume Zeit so bleiben", fügte Katz hinzu.
„Na, dann ist es ja umso besser um den Frieden auf unserem Stern Beteigeuze bestellt", antwortete Commodore Batoripuz Tofaxus erfreut.

„Ach, hätte ich doch nur damals dem Druck widerstanden, und meine Formel bloß nicht durch Aphrodites Pix-Pluster an die Beteigeuzeaner durchgegeben", schlug Professor Chronos wieder jammernd seine Klage-Litanei los.
„Dann können Sie uns 31 Erdenmenschen doch auch freilassen, und zu unseren Aldebaraner-Freunden übersiedeln lassen, wenn Sie auf Beteigeuze sowieso die einzigen Besitzer einer funktionierenden Zeitreise-Formel sind, nicht wahr?", fragte Aphrodite vorwurfsvoll den Commodore.
„Nein, denn Professor Chronos würde wahrscheinlich bald den richtigen technischen Dreh finden, seine Formel auch auf einem aldebaranischen Raumschiff für Zeitreisen tauglich zu machen, und wenn erstmal auch nur mit einem Zufallsgenerator; dafür hat er ja jetzt immerhin schon das technische Know-how bei uns auf der „Apocalypsis" abgekupfert"; wandte der Commodore störrisch ein.
„Wahrscheinlich hat er die neue Formel dazu schon im Kopf, wie ich den Professor kenne".
Endlich kam das riesige Luftkissentaxi in seinem Depot zum Stillstand, und alle Menschenmassen stiegen aus.

Immerhin durften die 1090 Irdischen aus dem Jahre 8498 alle zusammen ein Luxusquartier beziehen, auch wenn es streng abgeschirmt von der Umwelt war und: Streng bewacht.
Die anderen circa 1000 unfreiwilligen Passagiere aus dem Jahre 2015 hatte man anderswo, getrennt von ihnen untergebracht.

Denn die Obersten Herrscher von Beteigeuze wollten aus begreiflichen Gründen vermeiden, dass die Menschen von 2015 ihren extrem unausgereiften, technischen Horizont durch fantastischen, hyperintelligenten Gedankenaustausch mit Menschen aus ihrer fernen Zukunft beträchtlich erweitern konnten.

Und Johanna?

Der Commodore war mit Recht der Meinung, man könne sie nicht in ihre eigene Zeit zurückversetzen, denn dort warte der Tod auf sie. Daher kam sie in eine Art Umerziehungscenter, wo sie behutsam, in Intervallen, auf die Zukunft vorbereitet wurde.
Mit viel Geduld wurde ihr alles erklärt, was mit ihrem zeitentrückten Zustand zusammenhing.
Bis man ihr eines Tages sogar die Funktion der Zeitreisemaschine erklärte. Und vorführte. Doch das sollte der Menschheit beinahe zum Verhängnis gereichen.
Bislang aber nahmen erst einmal die 566 Aldebaraner, die ja endlich die Erlaubnis erhalten hatten, auf ihren Heimat-Stern zurückzukehren, schweren Herzens Abschied von ihren 31 geretteten Erdenmenschen, die sie längst liebgewonnen hatten.
Auch den 1000 Leuten aus dem Jahr 2015 sagten sie Adieu, denn diese wollte man ja als Studienobjekte auf dem Stern Beteigeuze behalten. Ebenso die 1059 Landsleute der 31 Geretteten vom Jahre 8498 wollten die Beteigeuzeaner ja nicht gehen lassen. Denn diese wurden von den Beteigeuze-Herrschern offenbar nach wie vor als ihr Eigentum betrachtet, nur weil sie die Irdischen ja vor der Meteor-Katastrophe gerettet hatten.

Wie ihnen später versprochen worden war, wurden die über 2000 Erdenbewohner allerdings nach und nach in das gesellschaftliche Leben von Beteigeuze integriert, denn die

große Mehrheit der Entführten war sich bald einig, dass sie lieber inmitten der graugesichtigen Ureinwohner leben wollte, als eine eigene, ungewisse Kolonie innerhalb des Riesensterns zu gründen.
Denn bis auf die graue Gesichtsfarbe glichen ja die Wesen von Beteigeuze noch sehr den Erdenmenschen von 2015 und 8498. Ein Umstand, mit dem sich die Erdlinge immer wieder trösteten.
Und bald schon begannen die Erdlinge, sich auch mit der Urbevölkerung zu vermischen.
Eines Tages würden sie vermutlich völlig in ihr aufgehen.

„Weißt du, Harry: Eigentlich geht es uns ja hier tatsächlich mindestens genauso gut wie unter den Aldebaranern", sagte Aphrodite eines Tages schwärmerisch zu Harry Wohlleben.
Harry war fast geneigt, ihr zuzustimmen.
„Und wenn du mir eines Tages nicht mehr gefallen solltest, dann kann ich mir viel leichter einen neuen Lover aussuchen. Denn ich habe jetzt ja genügend Auswahl, bei annähernd 2000 Menschen", neckte Aphrodite lachend ihren Harry.
Professor Chronos war auch zufrieden. Denn er konnte nun immerhin ungestört die Lebensweise und die Technik der Beteigeuzeaner studieren, statt die der Aldebaraner.

Katz dachte ebenso.

ENDE